PFLASTER AUFLEGEN

Aus den Papieren der Diakonisse
Marie Martha von Liebenau

AF192066

Christoph Wartenberg

Herstellung: Libri Books on Demand

Frühe Spuren

Sollte mein Name mich in eine Lebensspur gesetzt haben? Dieser Gedanke kommt mir erst jetzt im Alter. In der Kindheit war es für mich der Name, den mein Vater hatte, den ich mit ihm teilte. Besser durch ihn, den Vater, hatte ich teil an diesem Namen.

Wenn ich an die Mutter zurückdenke, steht eine stolze Frau vor meinem inneren Auge, die ein großes Haus führen konnte. An die Zeit ihrer Schwäche, ehe die furchtbare Krankheit sie besiegte, kann ich mich kaum erinnern. Das Kind wurde von ihr ferngehalten. Wir haben sie in Berlin begraben. Die Sonne schien. Die Vögel zwitscherten in den dicht belaubten Bäumen. Viele Menschen drückten mich an sich, auch solche, die ich vorher nie gesehen hatte. Hinter vorgehaltener Hand wurde geflüstert: „Das arme Kind." Ich schaute verstohlen zum Vater auf, dessen erstarrtes Gesicht immer wieder eine Bewegung zeigte, die mir wie eine überlaufende Welle vorkam. Nur in diesem Augenblick war es mein Vater. Sonst war er ein erstarrter fremder Mann. Heute weiß ich, welche Beherrschung sein warmes Herz aufbringen musste, damit sich der Jurist und Reserveoffizier, zur Nüchternheit verpflichtet, vor den Leuten nichts vergab. Das ist ein Ausdruck, den ich dann in Sachsen lernte. „Ich will mir doch vor den Leuten nichts vergeben", sagten die Patienten auf meiner Station.

Wie sehr der schon ältere Mann die junge, schöne Frau geliebt hatte, zeigte sich auch darin, dass er das Zimmer meiner Mutter nicht mehr betrat. Er war viel dienstlich unterwegs. Aber wenn er heimkam, wollte er mich sofort um sich haben. Ich spielte mit den Quasten der schweren, dunklen Vorhänge in seinem Arbeitszimmer, während er am Schreibtisch saß und schrieb. Er schaute oft zu mir hin. Manchmal redeten wir miteinander, freuten uns gemeinsam auf das gute Abendessen, das die Mamsell besonders sorgfältig zubereitete. Wenn mich das Kindermädchen ausgezogen und gewaschen hatte, kam der Vater an mein Bett und betete mit mir. Zu dieser Zeit betete ich: „Vater, lass die Augen dein über meinem Bettchen sein" und strahlte dabei den Vater an. Einmal wurde er nachdenklich und sagte: „Weißt du. Ich bin da nicht gemeint." Ich sah ihn erstaunt an: „Warum nicht?" „Es ist der große Vater gemeint, der für alle Menschen da ist." Das begriff ich. Von da an wusste ich es richtig.

Ein anderes Mal nahm er mich aus dem Bett heraus. Wir traten ans Fenster und schauten zum Mond und den wenigen Sternen hinauf, die in der klaren Nacht auch am Großstadthimmel gut zu sehen waren. Ich habe vergessen, was wir dabei gesprochen haben. Aber ich nahm das Gefühl mit, dass uns die Mutter nahe war.

Wenig später erhielt der Vater den Ruf ans Reichsgericht, und wir zogen nach Leipzig um.

Ich kann mich nicht erinnern, berlinerisch gesprochen zu haben. Sächseln lernte ich bald. Schon der Umgang mit dem neuen Kindermädchen bewirkte das. Unsere Else hatte sich von ihrem Schatz, der in Potsdam diente und in Oranienburg zu Hause war, nicht trennen können. Nur die Mamsell war mitgezogen. Die Neue - sie hieß Hilde - stammte aus der Nähe von Borna. Sie sagte: Zwiebelborne. Zu der Zeit hatte der Braunkohlentagebau den herkömmlichen Zwiebelanbau noch nicht restlos eingehen lassen.

Die Zugehfrau, die Wäsche besorgte und das Reinemachen, kam aus dem Leipziger Osten, aus Volkmarsdorf.

Mit allen diesen Frauen kam ich gut aus, aber sie hatten keinen Platz in meinem Herzen. Ich hing am Vater. Ihm wollte ich gehören, und er sollte mir allein gehören.

Unsere Wohnung lag im 1. Stock eines repräsentativen Hauses in der Nähe des Reichsgerichtes. Von einer großen Diele gelangte man gleich rechts in das Speisezimmer mit dem balkonartig angebauten Wintergarten.

Dort hielt ich mich am liebsten auf. Es war einfach Platz da. Das schätzte ich. Wenn ich andere Kinder zum Spielen mit in die Wohnung brachte, gingen wir in mein Zimmer, das neben dem Arbeitszimmer des Vaters lag. Er war dann noch nicht daheim. Ich wollte von mir aus nicht, dass ihn unser Lärm störte.

Nicht alle Kinder nahm ich gleichzeitig mit in die Wohnung. Das war mir zu viel; denn wir hatten auf der Straße eine Bande, die oft zwanzig Köpfe zählte. Meist kamen diese Erst- bis Viertklässler aus den Souterrainwohnungen. Sie stürzten auf die Straße, wenn Micki pfiff. Der Zehnjährige war unbestrittener König für die Jüngeren. Es war nicht leicht, seine Anerkennung und damit die Aufnahme in die Gruppe zu erringen. Ich aber hatte Glück. Als ich zum ersten Mal zu ihm hinlief, lehnte er an der Hauswand und blutete an der Stirn. Die anderen Kinder hatten ihn fluchtartig verlassen. Wie er mir später erzählte, hatte er sich mit einem Zwölfjährigen gedroschen. Der hatte ihn zu Boden geworfen. Dabei hatte sich Micki an einem Bordstein die Wunde geholt. Sein Gegner war längst um die nächste Straßenecke verschwunden, als ich zu ihm hinkam.

Ich sagte: „Warte hier!" und lief die wenigen Meter bis zu unserer Haustür und dann die Treppe hinauf. Als ich klingelte, ließ mich Hilde in die Wohnung. „Schmier mir bitte eine Fettbemme!" rief ich ihr zu. Damit hatte ich sie und ihre Fragerei erst mal los. Unbemerkt kam ich an die Hausapotheke heran, nahm das Fläschchen mit Jodtinktur, dazu eine Binde heraus und schlug die Wohnungstür wieder von außen zu. Mit meinem Taschentuch, auf das ich kräftig Jod schüttete, säuberte ich die Wunde. Micki stöhnte, biss aber die Zähne zusammen. Ich war gerade dabei, ihm den Kopf mit der Binde derart zuzuwickeln, dass nur noch Augen und Nase herausschauten, als Hilde mit der Schnitte in der Hand kam. Sie lachte, wie ich empört feststellte. Dann sagte sie: „Lass mich mal machen." Nun fiel der Verband allerdings viel kleiner aus. Mit geschickter Hand brachte sie die Binde in die richtige Form. „So macht man das, meine kleine Samariterin!" Ich war wütend über diese Schulmeisterei. Aber Micki nahm den Ausdruck auf: „Ja, wie der Samariter hat sie mich verbunden!" Von da an nannte er mich Sammi. Die anderen Kinder in der Straße nahmen den Spitznamen auf. Selbst Hilde rief späterhin oft „Sammi" zum Fenster heraus, wenn ich in die Wohnung hinaufkommen sollte.

An diesem Tag fragte sie Micki nach seinem richtigen Namen. Er hieß Joachim Krüpke. „Na, Joachim", sagte sie, „nun siehst du aus wie ein verwundeter Krieger vor Sedan. Hier ist die Bemme!" Sie hatte sie mir zum Halten gegeben und nahm sie nun aus meiner Hand. „Stärke dich, damit du uns nicht von Kräften kommst." Micki biss in das Brot, murmelte etwas, das wie Dankeschön klang, und lief langsam davon. Linkisch drehte er sich noch einmal um, als er schon ein Stück von uns entfernt war, und rief: „Morgen nachmittag klingle ich mal bei euch."

„Oho", sagte Hilde, „da hast du deinen ersten Verehrer."
„Was is'n das, ein Verehrer?" fragte ich, obwohl ich mir gut denken konnte, was sie meinte.

Zu Ostern war ich in die Schule gekommen. Am nächsten Tag holte mich Hilde nach dem Unterricht ab. Bis in den Herbst hinein tat sie das täglich, denn ich mußte mehrere Straßen überqueren. Man traute mir wohl zu Recht noch nicht zu, dass ich mit dem Leipziger Verkehr allein fertig würde. Hilde sagte: „Da bin ich ja auf den Nachmittag gespannt!" „Ach so", sagte ich, „Hausaufgaben habe ich nicht." Später erfuhr ich, dass Hilde mit meinem Vater gesprochen hatte. Er hatte auch hier nichts dagegen, dass ich mit anderen Kindern spielte.

Ich würgte das Essen hinunter, obwohl ich eigentlich Eierkuchen mochte, und stellte mich dann an das Fenster des Wintergartens, das zur Straße hinausging. So sah ich Micki mit den anderen Kindern kommen. Ehe er klingelte, lief ich die Treppe hinunter. Wie ich aus der Haustür trat, waren die anderen auch gerade da. Er sagte: „Das ist Sammi. Die hat mich verbunden" und zeigte auf seinen Kopf, dessen Stirn von einem großen Pflaster fast ganz bedeckt wurde.

Von diesem Tag an gehörte ich dazu. Es gab damals einige Bauruinen in unserem Stadtteil. Micki wusste immer einen Weg, wie wir in die halbfertigen Keller kamen. Oft rutschte jemand von uns aus, wenn wir über glitschige Balken balancierten. Oder es gab wieder Wunden bei der Auseinandersetzung mit anderen kleinen Banden. Dann riefen sie: „Sammi, komm zum Verbinden." Und ich holte stolz ein kleines Päckchen heraus, das mir Hilde immer wieder neu zusteckte, wenn ich sagte: „Wir hatten schon wieder Verwundete." Bleibt noch anzumerken, dass Micki eines Tages nach etwa zwei Jahren sagte: „Mit Weibern haben wir nichts mehr im Sinn." Die anderen Mädchen schaute er dabei herausfordernd an. Meinen Blick hat er gemieden. Ich konnte es verschmerzen. Hatte ich mich doch gerade mit Emilie Crusinius angefreundet. Sie kam in unsere Schule, als ihre Eltern vom Stadtrand ins Zentrum gezogen waren. Es war das die Zeit, in der Lehrer Zehlendorf die Klasse übernommen hatte. Bei ihm machte mir das Rechnen großen Spaß. Die Bänke im Klassenzimmer standen in drei Längsreihen, die er zu Eisenbahnzügen erklärte, einen D-Zug an den Fenstern, einen Eilzug in der Mitte und einen Personenzug - er nannte ihn Bummelzug - an der geschlossenen Wand. Er stellte eine Rechenaufgabe, die jeweils von den beiden Kindern, die auf einer Bank saßen, gelöst wurde. Die Gewinnerin durfte sitzen bleiben. Die Verliererin stellte sich an die Wand den Fenstern gegenüber. Schließlich saß auf jeder Bank nur noch eine Schülerin. Daraufhin klatschte der Lehrer mit den Händen. Jede von uns versuchte nun, auf einen Platz im schnelleren „Zug" zu kommen. Auch die Mädchen, die an der Wand standen, hatten große Chancen. Das hing von ihrer Geschicklichkeit ab. Man konnte sehr wohl als Rausgeflogene die letzten „Wagen" des „D-Zuges" erreichen. Das Spiel wurde noch zweimal wiederholt. Wer dann auf der ersten Bank am Fenster saß, war Siegerin.

Noch andere Dinge ließ sich Herr Zehlendorf einfallen, die uns Spaß machten. Wenn er abends im Theater gewesen war, erzählte er uns anderntags den Inhalt des Schauspiels oder auch der Oper. Er rief dazu einzelne von uns auf, die in einer Art lebendem Bild rings um das Lehrerpult herum eine Illustration zur Erzählung liefern sollten. Das gelang mehr oder weniger gut. Besser wurde es, wenn wir am Katheter vorn Märchen nachspielten, die wir vorher gelesen hatten.

Als er uns die biblische Geschichte von Adam und Eva erzählt hatte, stellten wir auch sie nachempfindend dar.

Emilie Crusinius war der Adam und ich die Eva. Am Nachmittag dieses Tages ging ich zu Emilie hinüber. Ihr Vater war schon daheim und trank mit seiner Frau und Tochter Kaffee. Ich wurde aufgefordert, mich dazuzusetzen, und bekam eine große Tasse Schokolade mit einem Sahnehäubchen obenauf.

Professor Crusinius fragte uns, ob wir wieder ein Märchen gespielt hätten oder gar eine Oper bei unserem Herrn Zehlendorf. Ich sagte: „Nein, dieses Mal war es kein Märchen, dieses Mal war es wirklich." „So?" fragte er. „Was war es denn für eine Geschichte?" Wieder antwortete ich: „Die Geschichte von Adam und Eva." „Ist das nicht doch ein Märchen?" bohrte Herr Crusinius weiter.

„Nein", stand mir jetzt Emilie bei. „Wir waren wie die ersten Menschen." Nun lachte der Professor: „Und du warst Adam, und Adam ist ein Mann." „Na ja", räumte Emilie ein. „Aber wir waren wirklich wie die ersten Menschen. Herr Zehlendorf sagte auch, es sei ganz echt." „Da muß es ja stimmen", sagte Herr Crusinius. „Hat er euch denn auch von Neandertalern erzählt?"

„Das alte Knochenzeug ist sicher wichtig", sagte Emilie naseweiß. „Aber spielen kann man den Neandertaler nicht."

Wir standen dann vom Kaffeetisch auf, und ich erinnere mich, dass Professor Crusinius zu seiner Frau noch etwas sagte von der Wichtigkeit der Naturwissenschaften auch für kleine Mädchen. Unter Naturwissenschaften konnte ich mir noch nicht viel vorstellen. Aber es imponierte mir, dass sie für Mädchen wichtig waren.

Herr Zehlendorf erzählte uns auch die Geschichte von der Auferweckung des Jünglings zu Nain und andere Berichte von den Wundern Jesu aus dem Neuen Testament. Ich erinnere mich aber nicht, dass ich dabei im Innersten ergriffen war. Anders bei dem, was uns Pfarrer Müller nahe brachte. Er versah seinen Dienst an der Kirche, die in der Nähe unserer Wohnung in diesen Jahren gebaut worden war. Der Gemeindebezirk war dabei aus der Thomasgemeinde ausgepfarrt worden. Zum Konfirmandenunterricht ging ich in die Wohnung von Pfarrer Müller. In einer kleinen Gruppe von Mädchen saßen wir mit ihm an einem runden Tisch in seinem Arbeitszimmer. Jede von uns konnte aus einem anderen Grund die reguläre Konfirmandenstunde, die Pfarrer Müller in einer Schule abhielt, weil noch kein Gemeindehaus vorhanden war, nicht regelmäßig besuchen. Ich hatte gerade mit dem ersten Kurs im Zeichnen begonnen, bei dem strenge Sitten herrschten. Es wurde pünktliches Erscheinen zu jeder Stunde erwartet, und es war völlig unmöglich, um anderer Verpflichtungen willen, zu spät oder gar nicht zu erscheinen.

Wahrscheinlich machte es Pfarrer Müller Spaß, mit uns Individualisten zusammen zu sein. Ich erinnere mich, dass auf dem runden Tisch, um den herum er uns versammelte, eine gehäkelte Decke mit langen Fransen hing. Er ignorierte es offensichtlich, dass ich schon beim ersten Zusammensein versuchte, die Fransen zu Zöpfen zu flechten. Das unterließ ich, als er uns die Leidensgeschichte Jesu erzählte. Er tat es so anrührend, dass nicht nur mir - wie ich bald merkte - die Augen im eigenen Wasser schwammen. Wieder einmal war etwas wirklich für mich da. Alles Leid der Welt war mir nahe. Als ich nach dieser zweiten oder dritten Konfirmandenstunde nach Hause kam, schloss ich mich in mein Zimmer ein und holte die beiden Fotografien von meiner Mutter heraus, die ich im obersten Schubfach der Kirschbaumkommode liegen hatte. Späterhin kramte ich auch ihr Gesangbuch heraus, das mir der Vater gegeben hatte. Ich hatte es nicht immer zur Hand, weil es mir in Sachsen nicht viel nützte. Nun schlug ich in diesem Berliner Gesangbuch die Lieder auf, die von Jesu Leiden und Tod handelten. Die Tränen versiegten und eine wunderbare Ruhe kam mir ins Herz.

In einer der Stunden, vielleicht nach einem Vierteljahr, sprach Pfarrer Müller davon, dass uns der Glaube in Bewegung bringt. Wer glaubt, sagte er, kann die Nöte der Menschen um sich her nicht wie ein Unbeteiligter betrachten. Wer glaubt, muss handeln. Das konnte er auf eine Weise sagen, die weit wegführte von moralistischen Allgemeinplätzen.

Als mich Müller nach der Konfirmation ansprach, ob ich Kindergottesdiensthelferin werden wollte, sagte ich gern zu. Zur Vorbereitung saßen wir an demselben runden Tisch, den ich schon von der Konfirmandenstunde her kannte. Ich war nun nicht mehr so innerlich bewegt, wenn der Pfarrer die biblischen Geschichten erklärte. Er tat es auch schlichter als im Unterricht. Von Anfang an hatte er im Auge, dass wir das von ihm Behandelte weitergeben sollten und wollten. Vor den schwierigen Geschichten wich er nicht aus. Dabei machten ihm die Wunderberichte offensichtlich weniger zu schaffen. Aber mit dem Paradoxen in Jesu Reden und Handeln kam er schwer zurecht.

Nicht nur ihn, auch mich beschäftigte sehr die Geschichte vom ungerechten Haushalter, als sie im Kindergottesdienst behandelt werden sollte. Jesus erzählt da bekanntlich von einem Verwalter, der Unterschlagungen, vielleicht auch nur Misswirtschaft auf dem Kerbholz hat. Sein Herr fordert von ihm eine exakte Rechnungslegung. Zugleich droht er ihm den Rausschmiss an. Der Mann nutzt nun die ihm verbliebene Zeit so, dass er alle Schuldner seines Herrn versammelt. Mit ihnen ändert er die Schuldscheine, indem er die Summen bis zur Hälfte reduziert. Das tut der Verwalter ausdrücklich, um sich mit Blick auf seine ungewisse wirtschaftliche Zukunft abzusichern, so nach dem Prinzip: eine Hand wäscht die andere. Und dann steht da in der Bibel: der Herr lobte den ungerechten Haushalter. Das ging mir Juristentochter doch sehr wider den Strich. Und da Pfarrer Müller durchaus meine Gefühle teilte, führten wir ein gutes Gespräch. Es war fast ein wenig rücksichtslos, denn die anderen Helferinnen kamen nicht mehr zu Wort. Wir fassten dann doch nicht den Entschluss, einfach eine andere als die vorgeschriebene Geschichte zu nehmen. Es lief in die Richtung: Jesus öffnet uns den Blick über unsere gutbürgerliche Welt hinaus. Ich konnte das gut hören, als Pfarrer Müller feststellte, es ginge Jesus immer darum, uns hinauszuführen, damit wir das Leben gewinnen. Da war ich wieder bei meiner Wirklichkeit.

Bei der Konfirmation konnte ich ganz dabei sein. Wie sich meine Mitkonfirmandinnen wegen ihrer Kleider und Frisuren von Spiegel zu Spiegel bewegten, störte mich nicht. Es amüsierte mich. Else hatte mich „auf Vordermann gebracht", wie sie es nannte. Der Vater sagte: „Mädchen, du siehst schick aus." Das genügte mir. Mit meinen Gedanken war ich woanders. Ich dachte über das öffentliche Bekenntnis nach. Sicher war es wichtig, mit dem Mund zu bekennen. Die Fülle des Glaubens, wie ich es nannte, erfuhr ich dort vor dem Altar in der festlich geschmückten Kirche jedoch nicht. Beglückend, mich ganz erfüllend, war immer, wenn ich beim Nachdenken merkte, dass alles, aber auch alles mit Gott und untereinander zusammenhing.

Viel Zeit nahm mir nach der Konfirmation der Unterricht im Zeichnen. Zusammen mit ein paar anderen jungen Mädchen stand ich unter dem strengen Regiment eines nicht unbekannten Künstlers. „Nicht ganz verpfuscht." War ein Lob, über das man froh war. Zuerst ließ er uns Knochen zeichnen. Dann folgten Gipsmodelle, meist von antiken Köpfen, die uns als Vorlage dienten. Schließlich porträtierten wir uns gegenseitig in Kohle und Kreide. Ich dachte nicht daran, einen Lebensberuf daraus zu machen, wie das bei meinen Mitschülerinnen meist der Fall war. Doch bereute ich die aufgewendete Zeit nicht. Man lernte sehen. Ich war überrascht, was sich alles sehen lässt. Wie viel der Mensch gemeinhin übersieht, wurde mir von Zeichenstunde zu Zeichenstunde deutlicher vor Augen geführt. Späterhin habe ich noch manches Mal den Stift oder die Kreide in die Hand genommen. Jetzt kann ich es nicht mehr. Die Augen machen nicht mehr mit

Die Richtung wird gewiesen

Bald drängte das in der Konfirmationszeit innerlich Erlebte alles andere in den Hintergrund. So gern wollte ich nun mein ganzes Leben dafür einsetzen. Der gegebene Weg schien mir der Diakonissenberuf zu sein. Ich war 17 Jahre alt, als ich es dem Vater sagte. Dabei erlebte ich ihn als einen von vielen widerstreitenden Gefühlen überwältigten Mann. Seine Hilflosigkeit ließ ihn nach einem Beistand suchen. Zwei Tage später gingen wir miteinander zu Pfarrer Müller. Es ist mir noch alles deutlich in Erinnerung. Nicht das Dienstmädchen öffnete uns, wie das bei den Konfirmandenstunden gewesen war, sondern er selbst ließ uns herein. Er murmelte etwas von der Unordnung in seinem Arbeitszimmer und führte uns in das Zimmer seiner Frau. Es war wie die ganze Wohnung mit gediegener Eleganz eingerichtet. Das kommentierte mein Vater auf dem Heimweg mit dem Satz: „Die Möbel können Müllers sich auch nur leisten, weil sie aus der großen Brauerei stammt." Mit solchen Bemerkungen reagierte er sich ab; denn die beiden Männer, die sich miteinander auf das Biedermeiersofa gesetzt hatten, waren ebenso aufgeregt wie ich. Das merkte ich bald. Ich rutschte ihnen gegenüber auf einem Stuhl herum, den ich an das Tischchen zwischen uns herangezogen hatte. Was im einzelnen gesprochen wurde, kann ich nicht mehr zusammenbringen. Wohltuend war für mich, dass Pfarrer Müller von einer inneren Bindung des Menschen an Jesus sprach, in die man niemanden hineinreden dürfe. Das sei guter Liberalismus, wie es ihm Herzenssache sei. Mein Vater nickte zustimmend. Das gefiel mir auch.

Hinaus lief das Gespräch auf die Forderung, ich müsste noch warten mit meinem Eintritt bei den Diakonissen. Ich sei zu jung. Das war mir damals eine bittere Pille. Ich nutzte das folgende Jahr, um Englisch und Stenographie zu lernen und weiterhin zu zeichnen. Mit 18 Jahren wiederholte ich meinen Wunsch, Diakonisse zu werden. Doch davon später.

In dieser Zeit lernte mein Vater seine zweite Frau kennen, meine - wie ich bald sagte - geliebte Tante Else. Zuerst war ich natürlich reserviert, obwohl bei mir mit 17 Jahren der Verstand sofort so weit reichte, dass ich nicht fürchtete, die Liebe meines Vaters zu verlieren. Sie lernten sich auf eine später oft belachte Art kennen. Mein Vater war am frühen Nachmittag während einer

Gerichtspause in ein Kaffeehaus der Innenstadt gegangen. Bei herrlichem Sommerwetter saß er vor dem Lokal an einem kleinen Tischchen und las in seinen Aktenkopien. Gedankenlos bestellte er ein Kännchen Kaffee, das er sofort bezahlte. Die Bedienung nutzte sein Beschäftigtsein mit der juristischen Materie aus und verlangte den doppelten Preis. Tante Else, die am Nebentisch saß, bemerkte das. Sie, die immer Hemmungen hatte, fremde Menschen, besonders Männer, anzusprechen, mischte sich ein. Die Kellnerin bekam einen roten Kopf und korrigierte sich. Vater gab ihr lachend dennoch ein Trinkgeld. Dann bat er Tante Else, sich an ihren Tisch setzen zu dürfen. Es kam zu einem ersten lebhaften Gespräch, das in eben diesem Café an den folgenden Tagen fortgesetzt wurde. Es war ein Juni mit viel Sonne, der die beiden zueinander finden ließ.

Im Juli waren wir dann zum ersten Mal draußen vor der Stadt im Dorf mit der hochragenden Burg über dem Fluß. Von der Bahnstation in dem nahe gelegenen Flecken holte uns ein Landauer ab, den Frau v. M. persönlich kutschierte. Ein Landarbeiter in Livree saß wie eine Galionsfigur neben ihr. Tante Else hatte uns auf dem Bahnsteig miteinander bekannt gemacht und nahm in der Kutsche uns gegenüber Platz. Ein bisschen aufgeregt waren wir alle, bis wir in den Schlosshof einfuhren. Dort gab mir der erbarmungswürdige Zustand der historischen Gebäude die Fassung wieder. Der Putz bröckelte nicht nur, er fiel in großen Brocken von den Wänden herab. Der Halle, in der ein zweites Frühstück für uns bereit stand, sah man es an, dass Tante Else sich bemüht hatte, mit dem Staub von Monaten fertig zu werden. Es war ihr nicht ganz gelungen. Mich störte diese Art Patina überhaupt nicht. Die alten Möbel begeisterten mich. Ich aß kaum etwas und sprang sofort auf, als Tante Else anbot, mit uns durch das alte Gemäuer zu gehen. In verwinkelten Gängen standen Rüstungen und alte Waffen, aber auch zerbrochenes Gerät, darunter alte Spinnräder, herum. Die Räume in den oberen Geschossen waren unbewohnt und eben auch unwohnlich. Anders das Zimmer im Erdgeschoss, das sich Tante Else eingerichtet hatte. Die helle, mit Röschen bedruckte Tapete war ein guter Hintergrund für die gepflegten Biedermeiermöbel. Ich steuerte, als wir den Raum betraten, sofort auf die Fensternische zu und genoss den Ausblick über die alten Laubbäume hin zum Fluss und dann ins Land hinaus. Als wir später auf den großen Wirtschaftshof kamen, saß Frau v. M. im Sattel und kommandierte von oben herab die Landarbeiter. Tante Else sagte: „Meine Schwester leitet den Gutsbetrieb selbst, seitdem ihr Mann im Dezember 1870 bei Vendôme, nicht weit von Orléans gefallen ist und sie mit vier Kindern zurückließ. Der Jüngste ist ihr Sorgenkind" - sie lächelte verlegen - „und das meine mit. Er dient in Dresden und hat eine lockere Hand beim Geldausgeben."

Auf der Rückfahrt nach der Stadt schwärmte ich Vater gegenüber von dieser romantischen Burg. Er freute sich, dass es mir gefallen hatte. Dann sagte er allerdings noch: „Sie steckt in großen finanziellen Schwierigkeiten." Ich dachte, dass es zu wünschen wäre, wenn eine Frau, wie Tante Else, das nicht mehr mitmachen müsste. Sie ist für manches in der Welt zu gut, sinnierte ich. Aber dem Vater sagte ich davon noch nichts.

Wochen später sprachen wir länger über Tante Else. Nach wenigen Sätzen riet ich ihm ohne Umschweife: „Heirate Sie." Er bekam tatsächlich mit seinen fast sechzig Lenzen noch einen roten Kopf. Dann nahm er mich in die Arme und sagte: „Ich danke dir." Die Trauung fand an einem Sonnabendvormittag in unserer Kirche statt. Wir speisten anschließend im „Thüringer Hof". Pfarrer Müller hatte es „schön gemacht", wie ihm bei diesem Essen alle versicherten. Tante Else zog zu uns.

In der Zeit, unmittelbar nach der Heirat von Vater und Tante Else, wurde ich berufen. Der äußere Hergang ist schnell erzählt. An diesem Sonntag besuchte ich den Gottesdienst in der Thomaskirche, in dem Superintendent Pank einen Aufruf vorlas: Wir brauchen Schwestern für ein Leipziger Diakonissenhaus. Gleich war mir klar: Das gilt dir. Ich wollte nicht nur, ich musste Diakonisse werden.

An diese Berufung habe ich mich ein ganzes Leben lang gehalten. Man kann es auch so ausdrücken: Sie hat mich gehalten. So hat es mich oft beschäftigt, wie und warum das mir geschah. Häufig fragten andere danach: „Warum sind sie Diakonisse geworden?" Es ist leichter, auf solche, von außen kommenden Fragen eine Antwort zu finden, als den Selbstprüfungen standzuhalten. Die Frager kommen daher mit: „Wollten sie nie heiraten?" oder „Ist es nicht lästig, immer Tracht zu tragen?" oder „Wie kann man nur mit so wenig Geld leben?" Das kann einen schon auch bewegen, wie noch zu berichten sein wird.

Aber das Wesentliche, den Kern des Wirklichen, treffen sie nicht. Ich habe viele Berichte gelesen, wie es andere getroffen hat, die biblischen Gestalten und die in der sogenannten Wolke der Zeugen. Bei jedem dieser angerührten Menschen war es anders, war es eigen. Immer aber stand das Besondere, das Einmalige im strengen Zusammenhang mit dem

Einen, dem immer Gleichen: Gott sprach, gab sich zu erkennen.

In die Spur gesetzt

Aus der Gewissheit der Berufung kam die Vollmacht. Es wird immer wieder schwierig sein, für sich selbst und für andere den grundsätzlichen Unterschied zwischen Macht und Vollmacht zu klären. Das Zupacken kann selbstverständlich von dem Wunsch diktiert sein, Macht über andere Menschen zu gewinnen und auszuüben. Aber auch das Helfenwollen, das bewusste Sichbrauchenlassen von anderen geht nicht ohne dasselbe Zupacken, den entschlossenen Willen zum Handeln mit dem anderen Menschen und an dem anderen Menschen. Ohne die Vollmacht zum Helfen - und sei es im Kampf mit den widerstrebenden Patienten - hätte ich nicht Schwester sein können.

Nach dem Gottesdienst in der Thomaskirche saßen wir am Mittagstisch. Die Suppe aß ich hastig und ohne Aufmerksamkeit. Die Mamsell brachte den Sauerbraten mit den Klößen. Als sie wieder draußen in der Küche war, sagte ich laut: „Jetzt ist es soweit!" Der Vater und Tante Else hoben ruckartig die Köpfe. Ich schaute in erschrockene Gesichter. „Na ja", versuchte ich die Situation zu entspannen, „ich muss euch etwas sagen." „Und das wäre?" fragte der Vater. „Es ist nun soweit, dass ich Diakonisse werden muss." „Ach Mädchen", Tante Else kamen die Tränen. „Da habe ich gerade eine Tochter bekommen und verliere sie gleich wieder."

Der Vater ergriff meine Hand und sagte zärtlich: „Dummer Balg" und nach einer Weile: „Na, ich will morgen mit Pinke-Panke sprechen." Am anderen Vormittag gingen die Eltern zu Pank, um sich genau zu erkundigen. Doch habe der Vater nur kurz gesagt: „Ich melde ihnen meine Tochter an." Später habe ich gefragt: „Warum habt ihr euch so schnell entschlossen eure Einwilligung zu geben?" „Wir wussten doch, dass es dir ernst war", antwortete Tante Else. Ja, es war mir bitter ernst.

Früher hatte der Vater schon einmal zu mir gesagt: „Du kannst werden, was du willst. Studiere oder gehe auf die Bühne, werde Schwester, mach weiter mit dem Zeichnen und Malen ... alles unter einer Bedingung: Nimm es ernst!" - Vater hatte recht: jeder Beruf ist genau so hoch und heilig, wie er genommen wird.

Ich wollte also Pflaster auflegen auf Wunden der Welt. Das klingt großspurig. Darf ein junger Mensch nicht großspurig sein? Die Spur des Lebens wird bei jedem Menschen im Laufe der Jahre enger, gewinnt dann freilich im Regelfall auch an Tiefe und Kontur. Im wörtlichen Sinne betrachtete ich gern heilende Wunden. Es ist gut, wenn sich nach einer Verletzung oder dem Schnitt des Chirurgen die Haut wieder schließt. Beim Verbandswechsel wird zwischen den Verkrustungen ein zur Ruhe gekommenes Fleisch sichtbar, wenn nicht erneut Blut fließt.

„Es hat geholfen", stellte ich mit dem Patienten fest. In dem kleinen Satz steckt viel drin, angefangen von der Hilfe, die Menschen, das sogenannte medizinische Personal, geben können, bis hin, dass „der Patient mitmacht", wie oft stereotyp bei der Visite festgestellt wurde. Die Wundränder ziehen sich zusammen, die Narbe schließt sich. „Es ist wieder gut."

Wie kommt es, dass es wieder gut wird? Es heilt. Ich dachte auch darüber nach, dass es Wunden gibt, die nicht heilen wollen. Nur zu bald habe ich das damals beobachten können.

Am letzten Sonnabend im Januar 1891 brachte mich Tante Else in die Weststraße. Graf Hohenthal hatte dort vorläufig ein großes Haus zur Verfügung gestellt, damit das Leipziger Diakonissenhaus gegründet werden konnte. Die geräumigen Zimmer, die weiten Korridore und der Garten, zu dem eine breite Freitreppe hinunterführte, gefielen mir sofort. Vater hatte, weichmütig wie immer, den Abschied gefürchtet und war deshalb fortgegangen. Ich dachte nicht mehr daran, als wir acht Schwestern am Abend zusammensaßen und unsere widerspenstigen Haare unter die Haube zwängten. Leichtes Entsetzen machte sich breit, als wir uns gegenseitig betrachteten oder auch in den Spiegel sahen. Da lachte Schwester Klara plötzlich: „Was macht ihr für bedepperte Gesichter? Wir würden doch jede Sorte von Hauben aufsetzen."

Am Sonntagmorgen sah uns Schwester Anna noch einmal kritisch an: „Na, da will ich es einmal mit euch versuchen!" Sie stammte aus dem Dresdner Diakonissenhaus und war uns als vorläufige Leiterin zugeordnet worden. Wie sie arbeiteten ältere Diakonissen aus Dresden schon seit Jahrzehnten in Leipzig mit seiner sprunghaft wachsenden Bevölkerungszahl. In den Mietskasernen, die in rascher Folge gebaut wurden, gab es viel Elend. Das war die Herausforderung, der auch ich mich stellen wollte. In der Thomaskirche, die wir etwas außer Atem zum Gottesdienstbeginn gerade noch erreicht hatten, brachte das Pank in der Predigt zum Ausdruck. „Von den Höhen der Verklärung an die Stätten der Bewährung" war sein Thema, als er selbstverständlich zur ganzen Gemeinde, aber doch auch besonders zu uns jüngeren Schwestern, von Christi Verklärung sprach. „Von den Jüngern heißt es: sie sahen niemand als Jesum allein", sagte er und blickte uns an. Ich drückte Schwester Annemarie, die rechts neben mir saß, die Hand, und sie erwiderte meinen Händedruck. Mit Handschlag und Segenswünschen wurden wir, die ersten acht Schwestern, in die Leipziger Diakonissenanstalt aufgenommen.

Daran dachte ich am nächsten Morgen, als es nach dem großen städtischen Krankenhaus St. Jakob ging, das zugleich Universitätsklinik war. Das war dann eine andere Welt als die Sonntagswelt mit dem feierlichen Auszug aus der Thomaskirche und dem festlichen Mittagessen in unserem Haus, bei dem uns Pastor Schultze, als der für uns zuständige Geistliche, vorgestellt wurde.

Ein großer Komplex Baracken lag vor uns. Sie waren durch endlos lange Korridore miteinander verbunden. Scheu sah ich in einen weit geöffneten Krankensaal hinein. Annemarie musste mich anstoßen, damit ich den Mund wieder zumachte. Wir wurden den Geheimräten Thiersch und Kurschmann vorgestellt. Schwester Anna nannte unsere Namen. Anschließend wurden wir an Prof. Krehl weitergereicht, der uns auf die einzelnen Stationen verteilte. „Wer hat Mut?" fragte er freundlich. Da fassten Schwester Annemarie und ich uns wieder an der Hand: „Wir!" Sein Lächeln vertiefte sich, als wir so entschlossen vortraten. Dann wurde es ernst: „Sie kommen auf die chirurgische Baracke. Dorthin zu gehen, fürchten sich viele." Es war schlimm. Aber in meiner Phantasie hatte ich es mir noch schlimmer vorgestellt. Nun, ich hatte gedacht, ich müsste den ganzen Tag eitrige Binden waschen. Eine schreckliche Vorstellung. Weil es nicht so kam, wurde alles andere zur leichten Arbeit.

Heimgekehrt regelten wir unsere Tagesordnung. Früh, schon 5 Uhr, wurde geweckt. Das Aufstehen war ein hartes Geschäft, das mir besonders zu schaffen machte. Wurde einer Langschläferin zugerufen: „Schwester Marie ist auch schon auf!", so stürzte sie sich aus dem Bett, weil sie wusste, dass keine Sekunde Zeit zu verlieren war. Bis 6 Uhr musste dann das Schlafzimmer gerichtet sein. Nach einer kurzen Andacht frühstückten wir und stürmten 20 Minuten nach 6 in geschlossener Kolonne aus dem Haus.

„Und wenn ihr die schwarzen Gesellen fragt, das ist Lützows wilde, verwegene Jagd" rief man uns nach. Kehrten wir abends wieder heim in die Weststraße, erwartete uns meist noch der Unterricht durch Arzt oder Pfarrer.

Es war nicht leicht, im Getriebe des Tages das am Abend Gelernte mit dem in Verbindung zu bringen, was man gerade vor Augen oder in den Händen hatte. Aber es gelang doch beim Scheuern des Fußbodens aufzusehen, hinein in die angstvoll geweiteten Augen eines älteren Mannes, der sich den geschwollenen Leib abtastete. „Schwester, wird es schlimm werden mit der Operation?" Ich konnte ihm und anderen nichts vorflunkern. Aber ich konnte die nasse Hand an der Schürze abwischen und für einen Augenblick auf seine Schulter legen.

„Jesus hat die Menschen in ihrem Leid angesehen", sagte Pfarrer Schultze am Abend öfters. „Sehen sie die Patienten an. Versuchen sie ruhig ihren Blick auszuhalten. Es ist nicht leicht, aber es könnte sein, dass ihnen die Kraft dazu gegeben wird."

Beim schweren Umbetten beleibter Patienten kam einem zugute, was man an anatomischen Kenntnissen aufnahm. Nüchtern und ohne Ziererei brachte uns ein junger Arzt bei, wie der Mensch an Haupt und Gliedern beschaffen ist. Ein einschneidender Augenblick war für mich der erste Anblick eines Toten. Es war ein etwa dreißigjähriger Typhuskranker, den ich mit gepflegt hatte. Als ich eines Morgens kam, stand die zugedeckte Leiche auf der Veranda. Mit banger Scheu hob ich das Tuch vom Antlitz des Toten. Aber wie mit einem Schlage war alle Furcht dahin, so packte mich die stille, verklärende Majestät des Todes. Statt der bisherigen Unruhe, tiefer, fast lächelnder Friede. Immer wieder konnte ich nur denken: wie schön, wie schön! Als ich das erlebte, arbeitete ich schon auf der inneren Männerstation. Bald darauf ging es mit einem Diabetiker zu Ende. Mit Gewalt zog es mich zu dem Sterbebett, und ich bat darum, die Nacht wachen zu dürfen. Ich sah zum ersten Mal einen Menschen sterben. Er war der erste von vielen, vielen, denen ich die Augen zum letzten langen Schlaf zudrückte.

Vorher, auf der chirurgischen Kinderstation, sammelte uns Dr. Wagner einmal von allen Stationen zusammen, um am lebenden Objekt zu demonstrieren, was er uns mit großer Mühe theoretisch beizubringen suchte. Am Vortag hatte ich eine schriftliche Arbeit, die er wie immer mit viel Sorgfalt und Mühe korrigiert hatte, zurückbekommen. „Ihre Arbeit zeichnet sich durch nichts aus als durch ungeheure Kürze", stand darunter. Nun diente uns ein kleiner Bub als Versuchskaninchen, an dem wir das in der Verbandlehre Erlernte ausprobieren sollten. Mit großer Geduld ließ er sich sämtliche Extremitäten einwickeln. Das Einführen der Schlundsonde muteten wir ihm nicht zu. Unter großem Aufwand an Lachen, Tränen, Ächzen und Würgen traktierten wir uns gegenseitig.

Der Abschluss unserer Ausbildung sollte festlich sein. So hatten wir es uns ausgedacht. So war es auch, anfangs wenigstens. Die Familie Anger lud uns auf ihr Rittergut Eythra ein. Und ausgelassen im wörtlichen Sinne machten wir uns an jenem Sonntag auf den Weg. Schwester Anna, einmal nicht ganz so schlimm vom Rheumatismus heimgesucht, hielt uns lachend beieinander. Die energische Schwester Annemarie taute ihr meist verschlossen anzuschauendes Gesicht auf. Schwester Klaras Redefluss war an diesem Morgen überhaupt nicht mehr zu stoppen. Zugleich machte sie ihrem Spitznamen „Zittergras" alle Ehre, indem sie um uns andere herumwieselte und sich immer neue Neckerein ausdachte. Die „Petersilie" oder auch das „Küchengewächs" genannte Schwester Luise konnte über alle diese Scherze lachen. Schwester Elisabeth hatte es da mit sich schwerer. Doch auch sie, wie die beiden anderen, Schwester Lina und Schwester Auguste, wollte kein Spielverderber sein. Sie ließ sich dazu hinreißen, mich „Stranddistel" zu nennen, was sonst nur die anderen taten.

Das Herrenhaus in Eythra war eine geräumige Dreiflügelanlage. Wir wurden vom Ehepaar Anger mit gutem Essen verwöhnt und genossen auch die Bewegungsfreiheit, die der Park uns gab. Er war im Stil eines englischen Landschaftsgartens angelegt und wie geschaffen dazu, dass wir Großstädter kräftig durchatmen konnten. Abends wurde dann ein Leiterwagen hergerichtet, der uns wieder zum Bahnhof bringen sollte. Vergnügt stiegen wir auf und holten die Taschentücher heraus, um zum Abschied heftig zu winken. Da zogen die Pferde scharf an, wurden scheu und fuhren gegen den Eckstein des großen Tores. Der Wagen schlug um, und wir wurden hinausgeschleudert.

Gerade hatte ich mich noch vorgebeugt, um besser winken zu können, da wurde mir schwarz vor den Augen. Ich und zwei andere hatten Kopfverletzungen und Gehirnerschütterung. Einige Tage musste ich in Eythra fest liegen. Andere kamen mit einem Halswirbelbruch oder gebrochenem Arm ins Krankenhaus. Da war ich noch gut dran. Wir alle wurden anschließend in den Urlaub geschickt, den ich mit den Eltern im Erzgebirge verbrachte.

Erste Berufserfahrungen

Wir Schwestern sollten so bald wie möglich für die Gemeindepflege zur Verfügung stehen. So beließ man es bei einem halben Jahr Lehrzeit im Krankenhaus. Als wir uns vom alten Thiersch verabschiedeten, fragte er spöttisch: „Sie wollen also Krankenpflege gelernt haben?" Dabei war das anschließende Dreivierteljahr noch nicht so belastend, weil ich in der Thomasgemeinde der allgemein beliebten, ja gefeierten Schwester Elisabeth Hayeck beigeordnet wurde. Sie wusste, wie man mit den Leuten umgeht. Immer heiter und freundlich wirkte sie, sehr sicher. 20 Jahre war sie schon im Beruf und mit ihren 38 Jahren eine Erscheinung, die immer Eindruck machte. Kamen wir zu schwierigen Kranken, sagte sie vor der Tür zu mir: „Hier muss leider wieder gelten: Wir machen die Musik! Vergessen sie es nicht!"
Als Panks Thomasschwester fand ich öfter Gelegenheit ihn zu besuchen. Sein warmes, weites Herz ließ ihn leicht Verständnis für alle finden. Voll Vertrauen kam ich mit meinen religiösen Fragen und Bedenken zu ihm. Bei ihm

wurde mir klar, was uns, die Gläubigen, durch die Jahrtausende hindurch auszeichnete. Wir können feststehen, weil uns recht gegeben wird. Wir brauchen uns nicht darum zu sorgen, ob wir von uns aus recht behalten. Das macht uns frei, den Menschen als Menschen anzunehmen. Es ist ein Mensch wie ich. Also bin ich für ihn da. Das gelingt nur, wenn ich vor Augen behalte: Wir sind alle Sünder und mangeln des Ruhms. In einem Gespräch war Pank sehr ernst und bestimmend geworden. Er warnte mich, von Gläubigen und Ungläubigen zu sprechen. Bei dem Schächer am Kreuz könne man sicher nicht von christlicher Erkenntnis sprechen. Aber betroffen von der Reinheit Christi habe er sich bittend dieser Reinheit zugewendet. Das sei alles. Und doch habe er damit sein Maß erfüllt. Es wurde ihm das große Wort zuteil: Heute noch wirst du mit mir im Paradies sein.

Pank fuhr dann fort, dass er glaube, mancher ehrliche Atheist stehe Gott näher als viele weniger ehrliche sich Christen nennende Menschen. Da fragte ich ihn: „Halten sie es für möglich, dass sie jemals vom Christentum abkommen könnten?" Er war einen Augenblick still und sagte dann: „Nein, ich kann nicht davon los." Auch auf der Kanzel sprach er ganz wie ich dachte: „Wüsste ich, dass Gott nicht sei, ich hätte das Recht, das dann ganz wertlose Leben von mir zu werfen."

Ein andermal klagte ich ihm, dass ich mir jetzt oft so oberflächlich vorkäme. Durch die Arbeit käme ich kaum zu längerem Nachdenken. Alle Glaubensskrupel würde ich vergessen. Freundlich meinte er : „Ist ja ein Segen."

Wochen vorher hatte ich ihm geklagt, wie innerlich haltlos und zerrissen ich oft sei. Da hatte er geseufzt und gesagt, wie schwer es oft für ihn sei, niedergebeugt und zweifelnd auf die Kanzel zu steigen, um andere

Menschen zu lehren. Aber, wenn auch alles um uns versänke und die Seele meine, nicht mehr beten zu können, so bliebe uns doch der letzte Schrei: „Gott, wenn du bist, rette meine Seele, wenn ich eine habe!"

Von dem, was ich bei meiner Arbeit sah, sprach ich kaum zu ihm. Ich dachte: das kennt er so gut wie du. Nicht weit von der Thomaskirche lagen Wohnquartiere, in denen Armut, Verkommenheit und Schmutz gen Himmel stanken. Unter Schwester Elisabeths Führung stieg ich gleich an einem der ersten Tage meiner neuen Tätigkeit hinauf in ein elendes Dachstübchen, in dem ein junges, schwindsüchtiges Ehepaar wohnte. Es waren Schauspieler, die früher bessere Tage gesehen hatten. Nun siechten sie an dieser schrecklichen Krankheit dahin, die ich nur allzu oft bei den Kranken, die ich zu betreuen hatte, schweren Herzens diagnostizieren musste. Über dem Bett des sterbenden Mannes hing ein Theaterzettel, der ein Lustspiel anzeigte. Ich konnte nicht mehr hinschauen, wenn ich ihn versorgte.

Zu einer Arbeiterfamilie schickte mich Schwester Elisabeth, in der beide Frauen, Mutter und Tochter, schwindsüchtig waren. Die Tochter war hochschwanger und brachte bald danach ein Kind zur Welt, das von Geburt an elend war. Sie selbst kam zum Sterben. Ich wachte bei ihr, als gegen ein Uhr der betrunkene Mann nach Hause kam. Mit Flüchen trieb er seine todkranke Frau, die der sterbenden Tochter in wenigen Wochen folgen sollte, aus dem Bett.

„Ich will mein Abendbrot! Wird's bald!" schrie er sie an. Mir schwollen die Adern. Ich muss hochrot im Gesicht gewesen sein, als ich meiner Empörung Luft machte: „Lassen sie ihre Frau in Ruhe. Merken sie nicht, wie schlecht es ihr geht." Da ging es über mich her:

„Verfluchte scheinheilige Bande! Mach' dich 'naus aus meiner Wohnung!"

Ich hatte meine Ruhe mühsam wiedergefunden. Um der Kranken willen, ließ ich sein Gebrüll über mich ergehen. Als die arme Frau zitternd und frierend wieder im Bett lag, sah sie mich groß an und flüsterte mit heiserer Stimme: „So geht es mir nun seit dreizehn Jahren Tag für Tag!" Es war die einzige Klage, die ich von ihr hörte. Weder vorher noch nachher hat sie je ein Wort gegen ihren Mann gesagt.

Die Tochter starb am folgenden Tag. Das Kind kam ins Krankenhaus. Nach dieser Nacht, von der ich ihr erzählt hatte, ging Schwester Elisabeth mit mir zu den Leuten. Der Mann war zu Hause. Nun staunte ich. Freundlich ging sie auf ihn zu und gab ihm die Hand: „Guten Tag, Herr Werner!" Verblüfft und entwaffnet staunte er sie mit seinem roten Schnapsgesicht an. Er schämte sich offensichtlich und sagte entschuldigend: „Na ja, in der letzten Nacht bin ich wohl zu der anderen Schwester ziemlich eklig gewesen." Schwester Elisabeth behandelte den rohen Kerl wie einen Ehrenmann, und er konnte nicht mehr anders. Er fühlte sich verpflichtet, sich nun auch anständig zu benehmen. Ich schaute zu der zwei Jahrzehnte älteren Schwester hin. Wie diese große, schlanke Frau mit den klaren, feinen Gesichtszügen souverän die Situation beherrschte, kommentierte ich für mich selbst mit einem Ausdruck, den ich vom Vater hatte: Grande Dame.

Einige Wochen später starb Frau Werner, und auch wir begleiteten sie mit zu Grabe. Als wir dem Mann die Hand drückten, stammelte er etwas das klang wie „Vielen, vielen Dank!" Später musste ich ihm eine Bestellung machen. Er stand in der Schmiede am Amboss, schwarz wie ein Teufel und lachte mich aus dem rußigen Gesicht mit seinen weißen Zähnen an: „Jrade hab ich an ihnen jedacht!"

Zur Parochie von Thomas gehörten auch übelberüchtigte Straßen. In einer von ihnen suchte ich eine Kranke auf und traf zufällig Schwester Elisabeth. Sie ging mit mir, was mir sehr lieb war. In der Tür eines Hauses stand eine dicke aufgeputzte Frau, die ich nach der Kranken fragte. Sie stutzte zuerst, sagte dann aber eilig: „Ja, die kenn ich!" und bot uns devot an, bei ihr einzutreten. Erstaunt sah ich mich in dem Zimmer um, in das sie uns geführt hatte. Mit seinen Plüschmöbeln und großen Bildern machte es den Eindruck schäbiger Eleganz. Doch blieb mir wenig Zeit zum gründlichen Umschauen. Schwester Elisabeth riss mich förmlich wieder hinaus auf die Straße. Sie hatte mit dem ersten Blick gesehen, wohin wir geraten waren. Mit bösem Gesicht zischte die dicke Frau hinter uns her. „Aber eine Schlange ist sie nicht!" meinte ich zu Schwester Elisabeth, die nun lachen konnte.

Liebe zum Beruf

Bis zum 1. April 1892 arbeitete ich in der Thomasgemeinde. An diesem Tag wurde mir und Schwester Luise die Lindenauer Gemeindepflege übertragen. Lindenau war eine Vorstadt von Leipzig mit damals 30.000 Einwohnern, ausschließlich Arbeiterbevölkerung.

Wir waren die ersten Schwestern, die dorthin kamen, weshalb der Pfarrer eine Einführung im Gottesdienst wünschte. Die sonst recht leere, große Kirche war gedrängt voll. Programmgemäß wurden wir beiden Schwestern von den zwei Diakonen, die dort schon arbeiteten, zum Altar geleitet, wohl etwas zum Ergötzen der Zuschauer.

Zuerst wurden wir in einem Gasthaus untergebracht. Später fand sich dann für uns eine Wohnung in einem alten Haus. Die Toilette war in einem Anbau, in dem es im Winter zu allen Löchern hereinzog. Die Badewanne stand im vorderen Teil der Küche. Aber eben dieses Zimmer mit seinem Plafond und den herrlichen, alten Möbeln entschädigte für alles, was man an dieser Bleibe sonst auszusetzen hatte. Eine Arztwitwe, die zu ihren Kindern gezogen war, stellte uns das Haus für einen billigen Mietpreis, den die Kirchgemeinde aufbrachte, zur Verfügung.

Wir suchten sofort die Verbindung zu den Ärzten, ohne die alles Beginnen vergeblich gewesen wäre. So aber flog uns schon im ersten Monat die Arbeit zu.

Lindenau war das erste, was ich selbständig anpackte. Später sollte die Oberin den Kopf darüber schütteln, dass ich so jung in so eine verantwortungsvolle Arbeit gekommen war. Aber mit der Verantwortung wuchs die Liebe zum Beruf. Hatte ich vorher die unbestimmte Sehnsucht gehabt, eine gute Schwester zu sein, so brannten mir die Lindenauer Krankenbetten den Beruf ins Herz. Voller Begeisterung und mit anscheinend unverwüstlicher Gesundheit gab ich mich der Arbeit hin. „Unsere erste Liebe" nannten wir beiden Schwestern Lindenau. Noch jetzt im Alter stehen diese ersten Berufsjahre im Glanze reinsten Glücks vor mir. Es war so, dass ich völlig unerfahren dorthin kam. Aber Pank hatte mich getröstet: „Wer in den Strom geworfen wird, lernt schwimmen!" So war es auch. Natürlich war meine Lehrzeit zu kurz. Aber ich ruhte nicht, um in der Pflege erfahren zu werden. Die kleinen Erleichterungen und Bequemlichkeiten für meine Kranken probierte ich aus, bis der Erfolg sich zeigte.

Lindenau war sehr arm. Almosen hatten wir nicht, um sie den Leuten zu geben. Nur unserer Hände Arbeit. Aber gerade dadurch wurde unsere Arbeit viel schöner und befriedigender, als sie in der Innenstadt gewesen war. Hier machte man kein Hehl daraus, dass man durchweg sozialdemokratisch gesinnt war und eigentlich von den „Betschwestern" nicht viel hielt. Dabei hatten wir es viel leichter als die Pfarrer. Die Leute gingen nicht in die Kirche. Unzählige Ehen waren ungetraut, unzählige Kinder ungetauft. Auch bei der Beerdigung wollte man den „Pfaffen" nicht. Von vornherein fehlten solche Berührungspunkte zwischen Kirche und Volk. Es gab viel Krankheit: Typhus, Scharlach, Diphtherie traten als Epidemie auf. Wenn die Ärzte am Krankenbett standen, ließen sie die Leute wählen: entweder das Krankenhaus oder die Schwestern. Sie zogen dann doch meist unsere Arbeit vor, weil sie nicht von zu Hause weg wollten. Gerade auch die Kinder wollten sie nicht aus der Wohnung geben. Man bat uns freilich oft ungern und empfing uns mürrisch und misstrauisch. Wir kehrten uns nicht dran, sondern taten stumm, was zu tun war, betteten und pflegten die Kranken. Meist dauerte es dann nicht lange, dass die Leute gesprächig und zutraulich wurden.

Wohin man kam, sah man Büsten von Bebel und Liebknecht. Über den Betten hingen Lassalle-Apotheosen und dergleichen mehr. Wie viele Nachtwachen brachten wir in solcher roten Umgebung zu! Doch die Leute heuchelten wenigstens nicht. Man wusste genau, wie man mit ihnen dran war. Tausendmal lieber arbeitete ich unter ihnen als unter den almosengierigen, scheinheiligen Faulpelzen der inneren

31

Großstadt. Mit wirklicher Gehässigkeit kam man uns nur vereinzelt entgegen. Gewiss: das Schild „Gemeindepflege" wurde beschmutzt, rohe Worte wurden uns nachgerufen, wir wurden nachts in eine entlegene Straße zu einem Kranken bestellt, den es nicht gab. Aber das waren Einzelfälle. Aufs Ganze gesehen hatten wir keine Schwierigkeiten.

Ein Schutzmann meinte es gut und wollte mich warnen. Er sagte, dass er nachts nicht durch die Straßen ginge, ohne die Hand am Revolver zu haben. Mich zwang einfach der Beruf, zu jeder Nachtstunde auch durch vereinsamte Straßen zu laufen. Mir ist nie etwas geschehen. Kam ich an johlenden jungen Menschen vorbei, wurden auch die unwillkürlich still. Ich hörte sie leise sagen: „Eine Schwester!" Das Diakonissenkleid erinnert wohl auch den Rohesten an Krankheit und Tod.

Ja, der Tod. Mein Beruf führte mich an viele Sterbebetten. Jedesmal war es ein Lebenseinschnitt. „Sterben, Sterben" wurde zum steten Refrain für mein Denken. Fast krankhaft war es wohl, dass für mich das Leben ganz hinter dem Sterben zurücktrat, so dass die lebendigen Menschen auf den Straßen mir nur als wandelnde Leichen erschienen. Oft sah ich prüfend die Gesichter an. Ich musste mir vergegenwärtigen, wie der Tod sie bald starr und still machen würde. Der große Ernst der Vergänglichkeit stand eben gar zu erdrückend vor mir. Aber doppelt hell strahlte auf diesem dunklen Grund der Leitstern meines Lebens: „Ein neu Gebot geb ich euch, dass ihr Liebe untereinander habt." Dies Gebot lässt nicht viel Zeit zum Grübeln. Es weist auf die nüchterne Arbeit des Alltags, um in ihr Ewigkeitsgehalt zu suchen.

„Nur nicht die Betschwestern," war der ausgemachte Wunsch eines schwindsüchtigen Ehepaares. Als der Mann fühlte, dass es mit ihm zu Ende ging, verlangte er, ins Krankenhaus gebracht zu werden, aus Furcht in unsere Hände zu fallen. Der Arzt verweigerte das mit dem Hinweis, dass der Patient nicht transportfähig sei.

Die Leute im Haus schickten zu uns, weil der Sterbende und die ebenfalls todkranke Frau ohne jede Hilfe waren. Dem Mann wurde sein letzter Wille erfüllt. Er starb, bevor eine Schwester kam. Als ich das Sterbezimmer betrat, durchfuhr es mich: So kann der Tod auch aussehen! Der Anblick des Verstorbenen war schrecklich. Mit weit offenen stieren Augen lag er da, drohend die Arme von sich gestreckt. Es war, als sei er mit einem Fluch auf den Lippen gestorben. So konnte unsere Sorge nur noch der Frau gelten. Die wandte sich ab und wollte nichts von uns wissen. Dabei hatte sie unsere Hilfe so nötig. Sie hatte sich wund gelegen und war lange nicht gewaschen und gekämmt worden. Wir wuschen sie, entwirrten die verfilzten Haare und betteten sie auf ein Wasserkissen. Nun sahen wir oft nach ihr. Stolz hatte sie gesagt: „Ich brauche keine Schwester. Ich bezahle eine Frau." Diese bezahlte Frau sagte mir, als Tag und Nacht verging, ohne dass das Ende kam: „Geben Sie acht, Schwester, die bleibt uns zum Ärger noch lange leben." Die arme Frau merkte schließlich doch, dass Pflege sich nicht bezahlen lässt und wurde freundlicher.

Einmal brachte ich ihr Blumen mit. Sie schlief gerade. Ich legte den Strauß leise auf ihr Bett und räumte behutsam in der Wohnung auf. Als sie erwachte, griff sie nach dem Strauß und wollte ihn gar nicht mehr aus der Hand lassen. Das war fast ihr einziger Gedanke: meine Blumen. Ich hatte nicht gedacht, dass dieses kleine

Zeichen der Freundlichkeit einen solchen Eindruck auf sie machen würde.

Ich fragte sie, ob ich ihr vorlesen solle. Sie nickte. Ich schlug das Neue Testament auf und las, was mir gerade unter die Hände kam. Es war der Abschnitt, in dem berichtet wird, wie der auferstandene Herr unter seine Jünger tritt: „Friede sei mit euch." „Friede", sagte die Kranke leise. Bald darauf starb sie.

Zu einer anderen Schwindsüchtigen wurden wir gerufen. Es war eine Witwe mit zwei erwachsenen Kindern, die beide in die Fabrik gingen. In der Kammer standen zwei mit Lumpen gefüllte Betten. In dem einen Bett schlief der Sohn, in dem anderen Mutter und Tochter. Auf meine Bitte hin gab mir der Armenvorsteher sofort 20 Mark, um das Nötigste zu besorgen. Bei einem Trödler kaufte ich dafür ein Bett, Matratze und Wäsche. Wir Schwestern schleppten das Bett selbst hin. Als Schwester darf man alles. Wir schlugen das Bett auf und legten die Kranke hinein.

Als ich der Frau wieder einmal mittags Suppe brachte, fand ich bei ihr einen mit Schnaps gefüllten Emaillekrug. „Kaffee", stotterte sie, als ich sie fragend ansah. Dann log sie, der Branntwein stünde schon lange da. Je länger wir ihr das Essen brachten, um so unterwürfiger wurde sie zu meinem Leidwesen. Solche Unterwürfigkeit ist das stärkste Hindernis, um den Menschen wirklich nahe zu kommen.

An einem Sonntagvormittag kam ich wieder hin. Tochter und Sohn frühstückten, die Tochter im Sonntagsstaat. Ich trat an das Bett der Kranken und fand sie tot auf.

„Wann ist sie gestorben?" fragte ich die Kinder. Mürrisch antworteten sie: „Das wissen wir nicht. Gestern abend hat sie recht gestöhnt und heute früh war sie tot." Sohn und Tochter hatten es nicht der Mühe für Wert gehalten, in der Nacht nach der Mutter zu sehen. Sie hatten die Tote liegen lassen, wie sie gestorben war. Bitter warf ich ihnen vor, dass sie wenigstens uns Schwestern hätten holen können, damit wir bei der Sterbenden wachen konnten. Traurig über das einsame Sterben der Kranken und die Roheit der Kinder ging ich fort.

Von solch wirklicher Roheit lernte ich bald einen derben Realismus unterscheiden. So erzählte mir eine Frau in Gegenwart ihres todkranken Mannes, wie sie ihr Leben nach seinem Tode einrichten wolle. Sie tat das ohne jede Rührung und der Mann hörte aufmerksam zu. Er betrachtete sich wohl als schon abgeschrieben und gab dem Leben sein Recht. War das auch eine gewisse Stumpfheit gegenüber dem Tod und den letzten Fragen, die er stellt, so erschien mir doch dieses Verhalten gehaltvoller als übermäßige Empfindlichkeit. Mit dieser Empfindlichkeit benahm man sich besonders in den sogenannten besseren Kreisen gegenüber dem Tod, an den man in guten Tagen nicht denken mochte, oft so exaltiert, dass ich hätte davon laufen mögen.

„Die vollkommene Frau" nannten wir sie, Schwester Luise und ich, wenn wir allein waren. „Der vollkommene Mensch" wäre richtiger gewesen. Und wenn die Sache nicht so tragisch gewesen wäre, hätten wir sicher darüber lachen können. Als wir zu der Kranken gerufen wurden, fanden wir eine bildhübsche, junge Frau in sogenannten gesicherten Verhältnissen vor. Sie hatte da schon heftiges Lungenbluten, erholte sich aber und kam mit uns ins Gespräch. Sie müsse uns sofort zu Beginn unserer Bekanntschaft mitteilen, dass sie zur Apostolischen Gemeinde gehöre, sagte sie. Wir antworteten darauf mit unserer stereotypen Mitteilung, dass laut Satzung wir Diakonissen in Leipzig für alle Kranken ohne Rücksicht auf ihre finanziellen Mittel und ihre Religion oder Konfession da seien. Sodann erklärte sie uns, dass sie im Glauben den entscheidenden Schritt vollzogen habe. Sie habe sich Gott ganz hingegeben und dafür nun die Gewissheit empfangen, dass ihr weiteres Leben sündlos sei. Ja, sie sei im wortwörtlichen Sinne die Sünde für immer losgeworden. Schwester Luise und ich schauten uns vielsagend an, was die Kranke nicht im geringsten störte. Sie ließ sich nicht unterbrechen, sondern redete belehrend auf uns ein, bis wir gingen.

Was wir dann von den Nachbarn erfuhren, machte uns traurig. Jung und gutaussehend beide, hatten der Mann und die Frau sich kennen gelernt. Sie liebten sich und heirateten. Es schien kein Hindernis zu sein, dass nur sie der apostolischen Gemeinde angehörte und er nicht. Häufig ging sie abends in ihre Bibelstunden. Er wollte nicht mitgehen. Allein daheim sitzen wollte er aber auch nicht. Also ging er ins Wirtshaus. Bald kam es zu Streitigkeiten. Die Gegensätze zwischen den beiden verschärften sich. Er wurde zum Trinker und misshandelte sie schließlich. Sie fühlte sich als Märtyrerin. Eine Scheidung verwarf die apostolische Gemeinde. Man sagte ihr, sie müsse aushalten. So hielt sie aus, aber mit Verachtung und in der Gewissheit der eigenen Reinheit. Konnte es dabei besser werden? Roheit und selbstsüchtige Frömmigkeit werden nie den Weg zueinander finden.

Die Kranke hatte ein einziges Kind, einen stillen Jungen. Als die Mutter im Sterben lag, schlich er sich an ihr Bett, sah mit großen Augen die Veränderungen im Gesicht der Mutter und streichelte leise die kalten Hände. Mich nannte der Vierjährige immer vertraulich seine schwarze Schwester.

Das Sterben der Frau war schwer. Zuerst hatte sie mit strahlenden Augen und siegesgewiss die himmlische Herrlichkeit erwartet. Von ihrem Priester ließ sie sich die letzte Ölung geben. Dann aber setzte ein Todeskampf ein, der drei lange Tage währte. Eine Frau aus ihrer Gemeinde sagte mir scheu: „Sie findet keine Ruhe, weil sie gesagt hat: Und wenn ich auf dem Sterbebett liege, meinem Mann kann ich nicht verzeihen." Schwester Luise war dabei, als es dann mit ihr zu Ende ging.

Der Mann nahm nach dem Tod seiner Frau eine Wirtschafterin zu sich, die er später heiratete. Die Leute sagten mir, dass diese Frau nicht gut zu dem Jungen sei. Ich ging hin, um nach ihm zu sehen. „Kennst du mich noch?" fragte ich ihn. Er sah mich still an und nickte. „Wer bin ich denn?" „Die schwarze Schwester", antwortete er, ohne eine Miene zu verziehen. Mit Kummer sah ich in das traurig ernste Kindergesicht. Ich fragte erschüttert: „Kannst du denn gar nicht mehr lachen?" Er schüttelte mit dem Kopf: „Nein." Das war alles. Vater und Pflegemutter war nichts Nachweisbares vorzuwerfen. Wir konnten nichts machen. Vielleicht ein Jahr später zupfte mich ein rotbäckiger Junge am Mantel: „Schwarze Schwester! Schwarze Schwester!" rief er und lachte mich an. Wie war ich froh, als ich ihn so lachen sah!

Glücklich war ich dran, Vater und Tante Else so in der Nähe zu haben. Und wie sehr nahmen sie an allen meinen Erlebnissen teil! Willig öffnete sich der väterliche Geldbeutel, wenn ich nötig Stärkungsmittel für meine Kranken brauchte.

Die Eltern - so nannte ich sie jetzt vor anderen; denn Tante Else war eine wirkliche zweite Mutter für mich - hatten mich in ihrem Urlaub nach Schweden mitgenommen. Die Fahrt musste ich allerdings allein machen, weil mein Urlaub begrenzt war. In Stettin besuchte ich Schwester Elwine Ebert, eine ältere Diakonisse, die noch 1891 in unser Mutterhaus gekommen war. Zuerst standen wir miteinander auf Kriegsfuß. Aber bald verband uns warme Freundschaft, die sich durch ihre schwere Krankheit noch festigte. Mit 16 Jahren war Schwester Elwine Waise geworden. Bald danach wurde sie im Stettiner Diakonissenhaus Schwester. Weshalb sie später Stettin verließ und nach Leipzig kam, ahnte ich zuerst nicht einmal. Als sie in Leipzig erkrankte, wurde sie in einem Erholungsheim der Stettiner Schwestern freundlich aufgenommen. In diesem Heim fand ich sie schwerkrank mit hohem Fieber vor. Mit meinem Besuch machte ich ihr eine große Freude. Das merkte ich sofort. Sie brauchte wohl einen Menschen, dem sie voll vertrauen konnte, um sich Dinge von der Seele zu reden, die ihr zu schaffen machten. In abgerissenen Worten erzählte sie mir von einem Mann, den sie lieb gehabt habe. Als ich ihr am nächsten Morgen Lebewohl sagen musstc, hatte sie schon zu dieser frühen Stunde hohes Fieber. Sie flüsterte mir zu: „Ich muss ihnen noch etwas sagen. Er war verheiratet, und ich wusste, dass er es war. Sagen sie mir nichts. Schreiben sie mir." Erschüttert verließ ich das Krankenzimmer. Habe ich sie mit einer sie quälenden Schuld allein gelassen? Ich wusste es damals nicht und habe es nie erfahren. Aber sie litt unter ihren Erinnerungen. Das war mir überdeutlich, und deshalb habe ich ihr mit umso wärmerer Liebe geschrieben.

Einige Wochen danach wurde sie in das Stettiner Diakonissenhaus gebracht. Von dort schrieb sie mir, wie glücklich sie sei, unter den Augen der von ihr geliebten Schwester Philippine, der Oberin, sterben zu können.

Lang habe sie nicht mehr zu leben. Wenn sie tot sei, sollte ich nicht vergessen, dass im Himmel jemand auf mich warte.

Noch einmal erhielt ich von ihr eine mühsam mit Bleistift gekritzelte Karte. Nur ein Vers stand darauf:
Einst in meiner letzten Not lass mich nicht versinken;
muss ich von dem bitt'ren Tod Well' auf Welle trinken.
Reiche mir dann liebentbrannt, Herr, Herr, deine starke Hand.
Christ Kyrie, komm zu uns auf der See!

Eines Morgens dann fuhr ich aus dem Schlaf, ganz beherrscht von dem Gedanken: jetzt stirbt Schwester Elwine.

Mit solcher Bestimmtheit empfand ich ihr Sterben, dass die Todesnachricht mir nur eine Bestätigung war. Sie starb am 3. Dezember 1892.

Als das Schiff nach Stockholm in Stettin ablegte, konnte ich alles hinter mir lassen. Ich war jung, freute mich auf das Zusammensein mit den Eltern und genoss die Fahrt auf der sonnenbeschienenen Ostsee. Es war dann eine wunderbare Zeit in der Sommerhelligkeit Schwedens. Bitter war mir, dass ich auch eher als die Eltern wieder abreisen musste. Das bewegte mich, als ich am ersten Tag nach dem Urlaub missmutig durch die Straßen Lindenaus wanderte. Da fiel mir eine Kranke ein, an deren Haus ich gerade vorüberging. Müde und verstimmt wie ich war, kostete es mich ein inneres Zusammenreißen, um die Treppen zu ihr hinaufzusteigen. Kaum trat ich in ihr Zimmer, hörte ich sie tief aufseufzen: „Gott sei Dank, dass Sie wieder da sind! Wie habe ich gewartet!" Bitter schämte ich mich meiner Ferienunzufriedenheit. Mit einem Schlag war die Freude am Beruf wieder da. Man brauchte mich. Wo eine

Schwester von anderen Menschen nötig gebraucht wird, da ist sie glücklich.

Die Kranke war, wie die aus der Apostolischen Gemeinde, ebenfalls eine noch junge, lungenkranke Frau. Sie sprach nicht von ihrer Frömmigkeit. Dem Tod sah sie nicht strahlend und siegesgewiss, aber doch mit heiterer Gelassenheit entgegen. Als ich ihr ein paar Rosen mitbrachte, sagte sie: „Die legen sie mir in den Sarg. Ich sterbe, ehe die Rosen welken." Auch ein neues Testament, das ich ihr brachte, wollte sie mit in den Sarg haben. Nach abermaligem Lungenbluten ging es mit ihr zu Ende. Wachsbleich lag sie in den Kissen, die Lippen nur durch Blutstropfen gerötet. Sie schlief und ich saß still neben ihr. Da schlug sie die Augen auf, sah mich an und lachte leise. „Was freut Sie denn?" fragte ich. „Dass ich sie sehe", flüsterte sie. Wieder schloss sie die Augen und bald hatte sie überwunden. - Um alles Glück der Welt hätte ich diesen letzten dankbaren Blick nicht hergeben mögen.

Noch manches letzte Lächeln wurde mir an Sterbebetten zuteil. Es waren das die Höhepunkte meines Lebens. Das geräuschvolle Leben draußen wurde zum Schattenbild. Nur der Tod war Wirklichkeit. Still und friedvoll bis auf den Grund meines Herzens stand ich vor der Ewigkeit. Es ist unmöglich glücklicher zu sein, dachte ich da oft mit tiefer Dankbarkeit.

Besonders gern pflegten wir Kinder. Ein Diphtheriekind, nur ein Jahr alt, war am Ersticken. Der Arzt tracheotomierte es sofort. Tagsüber reinigte ich zweistündlich die Kanüle. In den Nächten blieb ich die ganze Zeit dort. Trotz der Kanüle bekam die Kleine Atemnot. Ich konnte nur vorübergehend durch Ansaugen der sich unterhalb der Kanüle bildenden Membrane die Atemnot des Kindes lindern.

Der Vater war Heimarbeiter für eine Zigarrenfabrik. Mit Gruseln sah ich, wie die schmutzigen Finger mit den langen schwarzen Nägeln die Tabakblätter verarbeiteten. Er weinte um sein Kind. Die Tränen mischten sich mit Nasentropfen. Seine schmutzigen Finger wischten beides fort. Hastig arbeitete er weiter. Ich werde nie in die Versuchung kommen zu rauchen.

Drei Nächte saß ich neben dem Bettchen auf einem Holzstuhl, fast ohne müde zu werden. Man braucht wenig Schlaf, wenn es darauf ankommt. Aber alles Sorgen und Mühen war umsonst. Als der vierte Tag dämmernd heraufkam, starb das Kind. Ich nahm Abschied von der kleinen Toten und wanderte hinaus auf einsames Feld, um mich auszuweinen. Dort sah ich die Sonne aufgehen und ging dann getrost neuer Arbeit entgegen.

Müde kam ich eines Abends heim und folgte nicht allzu eifrig der Bitte einer Kranken, noch zu ihr zu kommen. Der vierjährige Bub der Frau war gleichfalls krank. Ich beugte mich über sein Bett und fragte ihn: „Wie heißt du?" Da lachte mich der kleine Kerl an, schlang blitzschnell seine Ärmchen um meinen Hals und drückte mich an sich. Wie Nebel vor der Sonne wich meine missmutige Stimmung. Die kindliche Zutraulichkeit half mir sofort.

Neben Diphtherie war auch Scharlach unter den Kindern eine weit verbreitete Krankheit. Wir fürchteten die oft sich anschließend entwickelnden Nierenentzündungen. Schwitzbäder taten hier Wunder. Nun schwitzen schon Erwachsene nicht gern, Kinder noch viel weniger. Es war mir selbstverständlich, dass ich jedes Mal mit durchdringendem Geheul empfangen wurde, wenn es ans Schwitzen ging.

Ein süßes, kleines, eigensinniges Mädchen war Meisterin in solchem Gebrüll. Bei einem Besuch in dieser Familie begleitete mich zufällig einmal eine andere Schwester. Bei unserem Eintreten ins Zimmer riss die Kleine Mund und Augen auf. Zuerst sah sie uns mit starrem Entsetzen an. Dann brüllte sie wild los: „Gleich zwee uff emal!"

Das Kind eines sozialdemokratischen Parteiführers hatte Diphtherie. Entweder Krankenhaus oder die Schwestern hatte der Arzt mit Bestimmtheit gesagt. Ungern entschloss sich der Vater uns zu bitten. Längere Zeit ging ich dreimal täglich hin, um nach damaliger Verordnung den Hals des Kindes mit Salzwasser auszupinseln und die weißen Stellen mit Sublimat zu betupfen. Die Kinder gewöhnten sich an mich. Sie banden sich Taschentücher um den Kopf und spielten Schwester. Manchmal sah mir auch der Vater zu, wie ich das Kind behandelte. Das ging nicht ohne Miteinanderreden ab. Einmal sagte ich ihm, dass ich im Wohnzimmer seine Bücher bestaunt habe. Das tat ihm wohl gut, weil ich es ohne falsche Schmeichelei sagte. „Ja", sagte er, „ich bin nur in die Volksschule gegangen, aber gelesen, viel gelesen, habe ich schon immer." Ich beschäftigte mich weiter mit dem Kind und fragte ihn, warum er nur ein Bild von Karl Marx an der Wand hängen habe und nicht auch von anderen Arbeiterführern, wie etwa Lassalle. Da wurde er eifrig: „Lassalle war ein Abweichler, ein Opportunist. Nur Marx hat es richtig erkannt und gelehrt, dass alles anders werden muss. Sehen sie, ich will ihnen nicht zu nahe treten, aber sie legen nur Pflaster auf die Wunden der Welt mit ihrer christlichen Nächstenliebe. Die Welt muss grundlegend verändert werden. Wir brauchen die Revolution, damit der Kommunismus siegt."

Ich schaute ihn kurz an und betupfte weiter den Hals seines Kindes mit Sublimat. Er wollte wohl einlenken und mir etwas Freundliches sagen. Es gelang ihm nur nicht recht. Er fuhr eifrig fort: „Sie können da nichts dafür. Ihre Erziehung hat sie auf diese Bahn gebracht. Sie sind eine Bourgeoise und eine mit feudalem Ursprung noch dazu." Wieder sah ich auf. Mein Blick war wohl nicht zornig, eher verständnislos. Ich wollte vor dem Kind nicht mit ihm streiten. „Na ja", sagte er verlegen. Und ich erklärte ihm, dass ich für heute fertig sei und am nächsten Tag wiederkäme.

Auf dem Heimweg fragte ich mich selbst: „Bist du eine Bourgeoise?" Empört wies ich es in diesem Gedankengespräch ab, klassifiziert zu werden, in eine Klasse eingesperrt zu sein. Ich war eine, die dorther kam, wo es weder Freie noch Knechte, weder Juden noch Griechen, weder Mann noch Frau gab.

Wochen später sprach der Pfarrer uns seine Anerkennung aus. Eben dieser Sozialdemokrat habe bei ihm seine vier Kinder zur Taufe angemeldet. Wir hatten nicht ein Wort zu den Leuten davon gesagt. Wir wollten das nicht und hatten auch zu oft erfahren, dass es nutzlos war.

Zu einer jungen Frau kam ich, die mit Mann und Kind nur ein Zimmer bewohnte. Ein Bett, Tisch, zwei Stühle war so ziemlich alles, was an Mobiliar vorhanden war. Es sah wüst aus. „Haben Sie keinen Besen?" fragte ich. „Nein", war die Antwort. „Und Eimer und Schrubber?" Kopfschütteln und dann die Auskunft: „Wenn Sie die Stube wischen wollen, können Sie dort den alten Kochtopf und den halben Unterrock nehmen." Was blieb mir schon übrig, als mich damit zu behelfen. Vom Bett aus kommentierte sie: „Sie können aber arbeiten!"

Zum Dank dafür, dass ich mich um sie gekümmert hatte, bat mich die Frau als Patin. Da sie sonst keine Paten bekam, mochte ich es ihr nicht abschlagen. Es war aber schwer, mit ihr und vor allem ihrem Kind Kontakt zu halten. Sie und ihr Mann reisten auf Jahrmärkten umher. Dort sollen sie angeblich ihr Kind, das eine merkwürdige Affenphysiognomie hatte, nachdem sie es noch entsprechend herausgeputzt hatten, für Geld gezeigt haben. Später sei der Mann wegen Diebstahls ins Gefängnis gekommen. Nach seiner Entlassung habe er durch einen Unglücksfall seine rechte Hand verloren. Das war alles, was ich erfuhr. Die Familie sah ich nie wieder.

An einem sehr intelligenten Arbeiter hatte ich meine Freude. Er war voller Interesse für alles, was er sah und hörte. Gern ließ er sich von mir Bücher mitbringen, die er dann mit mir besprach. Trotz seines Fiebers war er immer heiter und unterhielt sich gern. Eines Nachts verschlimmerte sich sein Zustand. Seine Frau schickte nach uns. Doch der Bote erreichte uns nicht sofort und ließ die Sache dann schleifen. Die Frau glaubte, wir hätten nicht kommen wollen. Sie empfing mich am anderen Tag, als der Mann schon bewusstlos im Sterben lag, mit bitteren Vorwürfen. Lange noch schmerzte mich der Gedanke, dass er mit der Meinung aus dem Leben schied, die Schwestern, an denen er so hing, hätten ihn in der schlimmsten Not im Stich gelassen.

Schlimm war auch eine andere Sache, die in diesen Wochen geschah. Eine Arbeiterfrau starb einige Wochen nach der Entbindung. Sie hinterließ neun Kinder in einem total heruntergekommenen Haushalt, den wir wieder zu ordnen versuchten. Wir sammelten viele Kleidungsstücke für den Mann und die Kinder. Dann nahm der Mann eine Prostituierte zu sich. Wie auch immer: eine Frau war wieder im Haus, und wir betrachteten uns aus der Pflicht entlassen. Einige Monate später wurden wir aber wieder gerufen. Die Frau hatte einen Choleraanfall. Es war das Hamburger Cholerajahr.

Sie brauchte Hilfe, also halfen wir. Schon nach ein paar Tagen ging es der Kranken besser. Eines Mittags schickte sie eins der Kinder zu mir mit der Botschaft, ich möchte sofort kommen.

Was blühte mir, als ich hinkam? Der Mann stand frech und herausfordernd im Zimmer. Er sagte, er könne verlangen, dass nicht nur für die Kranke, sondern auch für ihn das Essen versorgt würde. Einen Moment lang war ich verblüfft über so viel Unverschämtheit, und mir blieb die Sprache weg. Die Galle lief mir über. Endlich fand ich Worte: „Sie unverschämter Lump", sauste ich ihn an. „Sorgen sie gefälligst für sich selber. Ich bin doch nicht Ihre Bedienung. Ich bin für die Kranken da und nicht für die, die sich wahrlich selbst helfen können." Es fiel mir noch manches ein, was ich ihm an den Kopf warf und heute vergessen habe.

Er schrie dazwischen: „Ich verklage sie, ich verklage sie!" „Nur zu, nur zu", hielt ich dagegen. Mit hochrotem Kopf stürzte ich auf die Straße und ging dann nicht wieder hin.

Etwa ein Jahr später begegnete mir ein Paar Arm in Arm, er in hellem Anzug, sie mit Schleier und Federhut. Höflich grüßten mich die beiden. Es war eben dieses würdige Paar. Als ich meiner Mitschwester davon erzählte, lachte sie: „Das wußtest du nicht?! Die beiden haben sich kürzlich trauen lassen. Sie war eine sehenswerte Braut mit weißem Kleid und geschlossenem Myrtenkranz."

Wege zur Klarheit

Im März verließ uns Schwester Anna Hesse. Ich habe gar nicht zu ergründen versucht, in wie weit das ihr eigener Wunsch war. An ihre Stelle kam Else von Werdeck, eine Jugendbekannte Panks. Sie war etwa 50 Jahre alt und hatte bis dahin auf ihrem Gut Scherbus bei Cottbus gelebt. Pank schätzte sie offensichtlich und traute ihr zu, das Diakonissenhaus tatkräftig zu führen. Ich ahnte bei unserer ersten Begegnung schon etwas von den Schwierigkeiten, die ich mit ihr haben würde. Vom 1. Oktober 1892 an war sie im Dresdner Mutterhaus als Probeschwester und dann Beischwester auf ihre zukünftige Aufgabe hin vorbereitet worden. Zugleich mit ihrem Eintritt bei uns sollte sie als Diakonisse eingesegnet werden. Außer ihr wurden Schwester Anna Julie und ich zur Einsegnung bestimmt. Am Sonntag Oculi, dem 5. März 1893, drängte sich das alles zusammen: das zweite Jahresfest, die erste Einsegnung, die Verabschiedung von Anna Hesse und die Einführung der ersten Oberin. Zum Vormittagsgottesdienst in der Thomaskirche zogen wir feierlich ein. Die Thomaner sangen. Ich sah ein paar Gesichter, die ich von der kurzen Zeit meiner Tätigkeit in dieser Innenstadtgemeinde her kannte. Die Festpredigt hielt Pank, während die eigentliche Einsegnung unser Hausgeistlicher, Pastor Schultze, vollzog. Er brachte uns in seiner Ansprache den Inhalt des Diakonissengelübdes nahe: Treue, Willigkeit und Gehorsam. Mir gab er als Einsegnungsspruch mit: „Fürchte dich nicht. Ich bin dein Schild und dein sehr großer Lohn."
Danach waren wir im Mutterhaus in der Weststraße zu einem festlichen Mittagessen zusammen. Die Eltern

waren auch da, mit vielen anderen Gästen, die uns Schwestern nahestanden. Es war gut, dass Pank noch einmal Schwester Anna dankte und ihr ein Album mit Bildern von unseren Schwestern und den Herren vom Diakonissenhaus-Ausschuss überreichte. Andere Reden wurden gehalten, auch zur neuen Oberin hin.

Zwei und ein halbes Jahr arbeitete ich in Lindenau, als ich plötzlich meine Abberufung erhielt. Das traf mich wie ein Blitzschlag. Mit allen Fasern meines Herzens hing ich an der liebgewordenen Arbeit. Kaum ein Haus in diesem Stadtteil, das nicht Erinnerungen in mir wachrief. Kaum ein Tag, an dem nicht solche Erinnerungen durch die Begegnung mit alten Patienten oder Angehörigen von Verstorbenen geweckt wurden. Der Abschied war mir wie Sterben. Damals und noch Jahre danach nahm ich eine solche menschlich willkürliche Abberufung als Gottes Willen. So schwer es mir wurde, war doch mein Hauptempfinden ein großer stummer Dank für das reiche Berufsleben, das mich in Lindenau so glücklich gemacht hatte. Am Abschiedstag war mir, als hörte ich feierliches Glockengeläut: „Lobe den Herrn meine Seele und vergiss nicht, was er dir Gutes getan hat."

Diesen Rückblick auf die Lindenauer Zeit kann ich nicht schließen, ohne mich an zwei Ärzte zu erinnern. Waren es doch vor allem die Ärzte, die uns Schwestern dort den Weg bereitet hatten, damit wir arbeiten konnten. Es schwingt aber auch noch anderes mit, wenn ich jetzt zurückdenke.

Der eine dieser Ärzte war mit einer jungen Frau verheiratet, die mich an manchem Abend holen ließ. Sie erzählte mir aus ihrem Leben, auch die Geschichte ihrer Ehe. Ihre Augen leuchteten, als sie den Ball beschrieb, auf dem sie und ihr Mann sich kennenlernten. Schon am folgenden Tag löste er sein bisheriges Verlöbnis und verlobte sich mit ihr. „Es war die große Liebe", sagte sie. „Und dann nach unsere Hochzeit und der wundervollen Reise nach Venedig wurde ich schwanger."

Plötzlich erloschen ihre Augen und leise sprach sie weiter: „Das Kind war tot, und ich lag monatelang fest mit hohem Fieber und Schüttelfrost. Sie kennen mich ja nur mit Schmerzen und an das Morphium gekettet."

Am dritten oder vierten Abend, den ich bei ihr zubrachte, fragte ich sie: „Wo ist eigentlich ihr Mann? Arbeitet er noch?" „Nein", sagte sie rasch, „er ist fortgegangen. Ich wollte es so. Wissen Sie, er ist doch jung und lebenslustig. Er muss sich nach seinem langen Arbeitstag ein wenig erholen."

So saß ich neben ihrem Lager und versuchte mein Möglichstes, um sie von ihren Schmerzen abzulenken.

Natürlich bekam ich auf der Straße zu hören, wo und wie der Arzt seine Abende verbrachte. In dieser Hinsicht war Lindenau ein großes Dorf geblieben. Er besuchte regelmäßig die Vorstellungen des Theaters, das unweit vom Marktplatz eröffnet worden war. Wenn eine bestimmte Schauspielerin aufgetreten war, wurde er jeweils mit einem Rosenstrauß am Bühneneingang gesehen. Als mir das zu oft zugetragen wurde, stellte ich ihn zur Rede. Ich sagte ihm, wie man über ihn sprach. Er hörte still zu. Dann gab er mir die Hand: „Ich danke ihnen. Diesen Dienst hätte mir mein bester Freund nicht erwiesen." Das Gerede verstummte.

Aber als ich Wochen später mit ihm in seinem Sprechzimmer allein war, sagte er mehr traurig als heftig. „Wissen sie, was es heißt, von morgens bis abends das Elend bei den Kranken im Ort zu sehen und dann nach Hause zu kommen, und das gleiche Elend vorzufinden?" Ich sagte nur, ich wüßte auch etwas vom Elend der

Kranken. „Das stimmt schon", erwiderte er, „und doch ist bei ihnen alles anders." Als ich ging, dachte ich nicht weiter über mich nach. Es stand mir vor Augen, wie schwer diese Frau es hatte mit einem Mann, der ihrem Leid nicht gewachsen war. Als er mich wieder nach einiger Zeit fragte: „Was denkt meine Frau von mir?", blieb ich ihm eine klare Antwort schuldig. Einige Jahre später wurde diese Frau in einer Privatklinik operiert. Ich besuchte sie dort und fand sie sterbend - schon ohne Bewusstsein - vor. Nach ihrem Tod ging er als Schiffsarzt auf Reisen und heiratete schließlich die Schwester seiner verstorbene Frau.

Einen anderen Arzt lernte ich in Lindenau kennen, den „wilden Polen". Die Leute nannten ihn so. Er stammte aus Oberschlesien und versäumte an keinem Sonntag die Messe. Das wurde mir erzählt, ehe ich ihm zum ersten Mal in seinem Ordinationszimmer gegenüberstand. Er küsste mir die Hand. Das war mir nicht mehr passiert, seitdem ich Schwester geworden war. Entsprechend verwirrt starrte ich in das runde Gesicht mit dem abenteuerlichen Oberlippenbart und den lebhaften dunklen, fast schwarzen Augen. Meine Fassung gewann ich wieder, als ich roch, dass er Alkohol getrunken hatte. Ich nahm an - es war gegen 9 Uhr am Vormittag -, dass er seinen Rausch vom vorhergehenden Abend noch nicht ganz verdaut hatte. Meine Annahme war wohl richtig; denn ein richtiger Alkoholiker war er nicht. Wenn ich ihn später einmal ein halbes Wasserglas gefüllt mit klarem Schnaps in einem Zug austrinken sah, so war dabei sicher viel Renommiersucht. Das geschah am Krankenbett einer Arbeiterfrau. Der Mann war Vorarbeiter in der Sackschen Landmaschinenfabrik. Es ging den Leuten wirtschaftlich nicht schlecht. Wir hatten uns in diesem Krankenzimmer getroffen. Solcherart

Treffen zwischen ihm und mir häuften sich, so dass ich an keine Zufälle mehr glauben mochte.

Der Mann fragte uns beide: „Wie geht es ihr?" Wir sagten wie aus einem Munde: „Gut!" Zu der dankbar lächelnden Frau hin ergänzte ich: „Ich denke schon, dass wir über den Berg sind."

„Darauf müssen wir einen trinken", sagte der Mann und holte eine Flasche aus dem Vertiko. „Das ist kein gewöhnlicher Fusel. Das ist was Gutes. Himbeergeist von meinem Schwager aus dem Schwarzwald." Dann hatte er Gläser in der Hand: „Na, Schwester, wie wär's?" Ich schüttelte nicht nur mit dem Kopf. Am ganzen Körper schüttelte es mich, als ich das Zeug roch. Der Doktor aber lachte: „Nicht ein so kleines Gläschen. Bei uns trinkt man den Weißen aus einem Wasserglas." Das brachte ihm der Mann. Auf der Treppe sagte ich zum Doktor: „Sie werden sich noch ruinieren!" und funkelte ihn an. „Wenn sie zornig sind, sind sie noch einmal so hübsch", sagte er, haschte nach meiner Hand, gerade als ich sie auf die Klinke der Haustür legen wollte, und küsste sie wieder. Draußen auf der Straße zog er theatralisch den Hut und verabschiedete sich mit den Worten: „Leider müssen sich unsere Wege vorerst trennen."

Die Leute merkten natürlich, dass er es so einrichtete, mich bei den Patienten zu treffen. Sie erzählten mir, wie er in einem großen Gasthof am Westrand der Stadt mit einer drallen, recht offenherzigen Dame Mazurka getanzt habe bis in den Morgen hinein.„Ja, so ist er", fühlte sich ein Klatschmaul verpflichtet, mich aufzuklären, „er muß immer den Saal mit auskehren. Sie wissen doch, was das heißt? Er tanzt, bis die Musik aufhört zu spielen, und der Wirt das Licht ausmacht. Und dann? Na, ja!" Sie lächelte vielsagend. Für mich war das klar: er genoss sein Leben so, wie ich es in diesem Alter streng verurteilte. Unsere Wege gingen auseinander.

Zwei Jahre später, als ich Lindenau verlassen hatte, schrieb er mir nach Grimma, dass er mich nicht vergessen würde. Ich antwortete ihm, dass ich ihm das gleiche Andenken bewahren würde. Noch einmal schrieb er mir und bat um mein Bild. Ich sagte das der Oberin, zu der ich zu jener Zeit noch unbefangen gehen konnte. Sie wünschte, dass ich seine letzten Zeilen unbeantwortet lassen sollte. Ich richtete mich danach.

Sein weiteres Schicksal war mir aber nicht gleichgültig. Ich erfuhr, dass er sich etwa ein Jahr darauf verheiratete. Doch wurde er bald schwer herzkrank und starb nach monatelangem Leiden. Gepflegt wurde er vor allem von seiner Schwester, die sehr an ihm hing. Man sagte mir, er habe noch auf dem Sterbebett von mir gesprochen.

Mein Weg schien mir klar gezeichnet: ich sollte ganz und rückhaltlos dem Beruf gehören.

Zwischenspiel mit sozialen Kontrasten

Tante und Vater brachten mich zum Bahnhof. „Auf zu neuen Ufern", sagte mein Vater. Sie winkten, als ob ich auf eine Weltreise ginge. Dabei fuhr ich nur eine Stunde durch den strahlenden Oktobertag. Am Morgen spiegelte sich die Sonne in dünnen Eisschichten auf den Pfützen, nun wärmte sie, dass mir der Mantel zu viel wurde, als ich in Grimma auf dem oberen Bahnhof ausstieg. Frau Glauch, die mir dann bei der Haushaltführung half, holte mich im Auftrag des Superintendenten ab. Sie hatte auf dem Bahnsteig nicht lange suchen müssen. In der Tracht waren wir meilenweit zu erkennen. Diese Gemeindepflege war die erste, die unser Haus außerhalb von Leipzig eingerichtet hatte. Sie war am Beginn des Jahres mit Schwester Marie besetzt worden. Nach einem dreiviertel Jahr hatte man sie abgelöst, aus welchem Grund auch immer. Ich forschte nicht nach. Es war von meiner Vorgängerin her eine hübsche, kleine Wohnung vorhanden, in die mich Frau Glauch brachte. Auf dem Weg dorthin kam uns eine Schwadron des Husarenregimentes entgegen, das in der Stadt lag. Die bunten Uniformen sollte ich jetzt öfter sehen, das Getrappel der Pferde auf dem Kopfsteinpflaster oft hören.

Am nächsten Tag ging ich in die Superintendentur, die breit hingebaut an der Mulde lag. Hinter dem Fluß stiegen bewaldete Hügel an, die das alte Städtchen an drei Seiten malerisch umgaben. Superintendent Großmann begrüßte mich freundlich und versuchte, mir zu vermitteln, was nun meine Arbeit bestimmen sollte. Sie hatte einen ganz anderen Charakter als die bisherige. Statt wütender Sozialdemokraten gab es hier friedliche Arbeiter und Tagelöhner. Viele wohlhabende Leute hatten sich in das so hübsch gelegene Grimma zurückgezogen. Neben dem Husarenregiment gaben die Fürstenschule mit ihrer ehrwürdigen Tradition, das Amtsgericht und alteingesessene Geschäftsleute der Stadt freilich ein anderes Gepräge, als das ungebildete Lindenau es aufwies. Unter den nur 9000 Einwohnern zählte man verhältnismäßig wenig Arme. Nicht nur der Superintendent, sondern viele Leute kamen mir sehr freundlich entgegen und überschütteten mich dann mit Einladungen. Alles, was ich tat, war recht und gut. Das sollte mich dann auf die Dauer langweilen, und Grimma hat mir nie die von mir so geliebte widerborstige, manchmal rohe aber ehrliche Arbeiterbevölkerung von Lindenau ersetzen können.

Als der Superintendent mich verabschiedete, sagte er noch: „Sie werden es darin nicht einfach haben, dass sie die einzige Gemeindeschwester hier sind. Bisher haben sie ja wohl mit einer anderen Schwester zusammengearbeitet?!" Ich antwortete: „Ja, aber ich werde mich schon 'dreinfinden." Im Grunde empfand ich das Alleinsein als Wohltat. Ich brauchte die Einsamkeit, um mich innerlich wieder zurechtzufinden.

Drei Tage später, an einem Sonntagnachmittag, wanderte ich auf einem schönen Waldweg zu den Ruinen des bekannten Klosters Nimbschen. Das mit wildem Wein umsponnene Gemäuer leuchtete blutrot durch die Bäume, von denen schon die ersten Blätter herabtaumelten. In der Gaststätte trank ich eine Tasse Kaffee und glaubte dem Wirt allerdings nicht, dass die Nonne Katharina von Bora, Luthers nachherige Frau, bei ihrer Flucht aus dem Kloster jenen Pantoffel verloren habe, den er in einem Glaskasten zeigte. Im sensationssüchtigen Barock mochte man dieses viel zu reich verzierte Stück Schuhwerk zur protestantischen Reliquie gemacht haben. Bald merkte ich, dass die Begegnung mit der Schwadron Husaren bei meiner Ankunft in der Stadt richtungsweisend war. Ich hatte oft mit den Angehörigen der Soldaten zu tun. So pflegte ich lange Zeit hindurch eine junge, schwindsüchtige Rittmeistersfrau. Die Arme war schon sieben Jahre krank und alles, was man versucht hatte, um die Krankheit zu besiegen, war umsonst gewesen. Sie klagte mir gegenüber einmal, dass man ihr mit der steten Hoffnung auf Besserung die mühsam gewonnene Ruhe zum Sterben immer wieder raubte. Sie hatte ein einziges Kind, einen Buben von zwei Jahren. Ich bewunderte sie, wie sie ihre Liebe bezwang und es über sich brachte, ihn selten zu sehen und nie zu küssen, um ihn nicht anzustecken.

Nicht lange vor ihrem Tod erzählte sie mir einen schönen Traum, an den sie sich deutlich erinnerte. Auf einem hohen Berg, den sie mit ihrer kranken Lunge nur mühsam erstiegen habe, lag eine goldene Stadt. Je näher sie ihr gekommen sei, um so leichter, freier und freudiger sei ihr zumute gewesen. An einem Heiligen Abend war es dann so weit. Es ging ihr schlecht, und sie fühlte, dass ihr Ende nahe war. Nacheinander ließ sie die Dienstboten zu sich kommen, um ihnen noch selbst die Weihnachtsgabe mit einem Lebewohl zu überreichen. Es war eine Erlösung, als sie am Weihnachtstag endlich für immer Ruhe fand.

Zur selben Zeit pflegte ich draußen in der Kaserne die Frau des Wachtmeisters derselben Schwadron, bei der der Rittmeister stand. Ich war gern bei ihr. Bei den täglichen Besuchen im Kasernengelände hörte und sah ich vieles, was mir bis dahin unbekannt war. Einmal im Sommer - das Fenster des Krankenzimmers stand weit offen - hörte ich, wie der Oberst einen Leutnant herunterputzte. Ich staunte nicht über den Wortreichtum des Oberst, sondern auch über die unverändert stramme Haltung des gescholtenen Leutnants.

Wenn der Wachtmeister an das Bett seiner Frau trat, lachte sie ihn an, selbst wenn sie Schmerzen hatte. Als es der Frau besser ging, hatte ich meine Freude an den Gesprächen der vergnügten Leute und erfuhr dabei alle Spitznamen der Offiziere.

An einem Dienstagmorgen fiel mir schon beim Passieren der Wache die Unruhe auf, die von den Husaren ausging. Lachend öffnete mir die Wachtmeistersfrau die Wohnungstür. Das Wohnzimmer glich einem Warenlager. Sie erklärte mir, warum ihre Wohnung zum

Asyl für alle möglichen Dinge geworden war: „Es ist heute ökonomische Musterung. Da muss alles versteckt werden, was nicht ins Reglement passt." Schon klingelte es wieder und ein langer Rekrut mit einem runden Käppi auf den blonden Haaren stürzte herein. „Na, was willst du, Zwiebelschläfer", sagte die Frau mit verschmitztem Lächeln. Der junge Mann erklärte aufgeregt: „Der Herr Wachtmeister schickt mich. Ich habe draußen eine Schubkarre mit vier Sack Graupen, die nirgends registriert sind und drei Dosen Liebigs Fleischextrakt. Er sagte, das hätte vielleicht noch im Flur Platz." „Da kommt es nun auch nicht mehr drauf an", sagte die Wachtmeistersfrau. „Bring das Zeug rein." Als der Rekrut die Lebensmittel gestapelt hatte und wieder verschwunden war, sagte die Frau: „Sie haben sich über den „Zwiebelschläfer" gewundert, aber ich konnte ihnen den Spitznamen nicht sofort erklären. Der junge Mann stammt vom Dorf und ist bauernschlau. Deshalb überträgt mein Mann ihm gern solche Aufgaben wie diese heute. In der Küche, wohin er abkommandiert ist, hat er sich im Lagerraum ein paar Zwiebelsäcke zusammengesucht. Mein Mann hat ihn schon mehrmals überrascht, wie er auf diesem provisorischen Bett selig schläft. Danach bekommt er den ihm zustehenden Anpfiff, der ihn aber nicht sonderlich zu beeindrucken scheint. Er versucht immer wieder, den fehlenden Nachtschlaf dort nachzuholen, wenn er im Casino aushelfen muss. Mein Mann ist sicher auch deshalb mit ihm nicht so streng, weil er ihn oft braucht."

Wir setzten uns dann in die Küche. „Ja, das Casino", sagte sie mit Empörung in der Stimme. „Müssen die sich so vollaufen lassen, dass sie unter den Tisch rutschen." Wortreich schilderte die Frau das lockere Leben der Offiziere innerhalb und außerhalb der Kasernenmauern.

Sie seien schon von ihren Untergebenen ausgepfiffen und ausgejohlt worden und hätten sich das bieten lassen müssen. „Wenn so ein Lulatsch von Leutnant vor der Schwadron aus dem Sattel rutscht, weil er noch besoffen ist."

Auch daran erinnere ich mich gern, wie der Wachtmeister, wenn er mich kommen sah, mit Stolz seine Schwadron im Sturm Hindernisse nehmen ließ. Ich freute mich über die schönen Pferde und ihre gewandten Reiter.

Sozialdemokraten gab es selbstverständlich auch in Grimma: wohl kein Ort im roten Sachsen ohne Genossen. Als ich die Frau eines Mannes aus der Partei pflegte, wollte er sich mir gegenüber rechtfertigen. Er sagte mir, dass die Sozialdemokratie nur auf dem Wege des Gesetzes die Hilfe für die Armen haben wolle. „Es wurmt mich immer wieder, dass ich kein Recht auf die Schwesternpflege habe", gab er mir zu bedenken. „So bleiben wir Almosenempfänger." Über dem Bett der Kranken hing eine Lassalle- Apotheose. Eines Tages vermisste ich das Bild und sah den guten Lassalle mit dem Gesicht nach der Wand auf dem Boden stehen. Lächelnd fragte ich die beiden: „Was haben sie nur mit dem armen Mann gemacht?" Ein wenig verlegen erklärten die Leute: „Wir dachten, es sei ihnen vielleicht lieber so!" Ich beruhigte sie: „Meinetwegen darf der Lassalle ganz gewiß da oben hängen."

Diesem Sozi gegenüber wohnte der alte Freiherr von Welck, bei dem ich oft zu Gast war. Mit seinem blinden Neffen und der Haushälterin teilte er eine schöne, nicht allzu große Wohnung. Im großen Mittelzimmer saß ich besonders gern an dem runden Tisch, wo nach einer Tasse Tee die früh einbrechende Dunkelheit der Winterabende mich in der wohligen Wärme zurück hielt.

Bei den langen, nie oberflächlichen Gesprächen waren die drei immer wieder entsetzt, wenn ich aus meiner damals recht roten Gesinnung kein Hehl machte. Gewiss habe ich damals Urteile aus jugendlichem Unverständnis heraus gefällt. Aber der Hass, den ich gegen gleichgültigen und egoistischen Reichtum empfand, ist mir geblieben. Der alte Herr von Welck war freilich alles andere als gleichgültig und egoistisch. Auch war er nicht im geringsten adelsstolz. Jahre später schrieb er mir nach dem Tode Max Schröders: „Er war für mich das Vorbild eines wahren Edelmannes."

Dieser Max Schröder war ein reicher Fabrikant in Grimma. In seiner Papierfabrik - im Norden der Stadt an der Mulde gelegen - beschäftigte er Hunderte von Arbeitern. Er hatte sich eine Villa im Zeitgeschmack hoch über dem Fluß wie eine Burg erbaut, in die er sich zurückziehen konnte. Als ich ihn dort besuchte und die schöne Wohnlage bewunderte, sagte er: „Aber meine Arbeiter wohnen auch nicht schlecht. Das müssen sie sich ansehen." Mit Stolz - wie man ihm ansah - führte er mich einige Tage später durch die Fabrik, die er so genau kannte, bis in jeden Winkel hinein, weil sie sein Werk war, von den kleinsten Anfängen einer Papiermühle her. Mit Staunen sah ich, wie aus Lumpen allmählich das schönste weiße Papier wurde. Dann gingen wir über eine Brücke, und wie ein fürsorglicher Vater zeigte er mir Haus für Haus seiner Arbeiterkolonie „Kamerun". Er wusste, was in jedem Haus los war. „Das hier", sagte er, „ist mein Lieblingswerk."

Abends dachte ich darüber nach. Wie das unter einen Hut zu bringen sei: Keine Almosen, sondern das Recht auf Hilfe für die Leute. Und dann aber dort, wo das Recht schon galt, so viele Schwierigkeiten, wie ich sie in Lindenau erlebt hatte, wenn ich für die Kranken und

Bedürftigen aufs Amt ging. Weiter wurde mir klar, dass erst einmal Geld da sein musste wie bei Max Schröder, wenn man im größeren Rahmen helfen wollte. Schließlich kam ich für mich selbst wieder zu dem Schluss: Du hast deinen Auftrag. Du bist für den Menschen da, der gerade an diesem Tag deine Hilfe braucht, so wie es damals war mit dem Samariter am Weg zwischen Jerusalem und Jerichow. Ich sagte mir wieder einmal: Leg Pflaster auf! Es gibt genug Wunden in dieser Welt.

Bei vielem, was ich tat, fand ich in Grimma bereitwillige Hilfe. Ein Kreis von jungen Mädchen half mir zu Weihnachten kleine Christbäume, die wir schön geschmückt hatten, zu Einsamen und Kranken zu tragen. Einem schwerkranken Arbeiter, der sonst gewiss nicht weichen Gemüts war, stürzten die hellen Tränen aus den Augen, als ihm so völlig unerwartet ein strahlendes Bäumchen gebracht wurde, und die von den jungen Mädchen gesungenen Lieder die alte Weihnachtssehnsucht in ihm wachriefen.

Einmal wurde ich zu einer 23-jährigen Frau gerufen, die drei Wochen mit Kindbettfieber in einem vergeblichen Kampf lag. Bis zuletzt hoffte ich, das junge kräftige Leben würde siegen. Es war alles umsonst. Die Herztätigkeit wurde immer schwächer. Die Kranke verlangte nach dem heiligen Abendmahl. Nach der Feier sagte sie ihrem Mann und ihrer Mutter Lebewohl. Noch einmal drückte sie das Neugeborene ans Herz und küsste es. Dann war sie fertig mit dieser Welt und wollte allein sein. „Wie lange habe ich noch zu leben?" fragte sie mich, die ich auf ihre Bitte hin bei ihr blieb. Traurig antwortete ich, dass ich die Hoffnung nicht aufgeben wolle. Sie schüttelte den Kopf. „Noch zehn Minuten", sagte sie. Nach einer Weile kam es schwach aus ihrem

Mund, so dass ich genau hinhören musste: „Noch fünf Minuten. Beten Sie mit mir." Ich kniete an ihrem Bett nieder. Ich sprach, was mir in den Sinn kam: „Erscheine mir zum Schilde, zum Trost in meinem Tod und lass mich sehn dein Bilde in deiner Kreuzesnot." Mit gefalteten Händen hörte sie zu, wie ich weiter betete. Ihr langes braunes Haar lag neben dem Gesicht auf dem weißen Kopfkissen. Groß hatte sie die schönen dunklen Augen aufgeschlagen mit einem Blick, der in die Ferne ging. Langsam, ganz langsam schloss sie die Augen. Ohne jeden Kampf, selbst ohne jeden mühsamen Atemzug ging das Leben von ihr. So leise und damit so schön hatte ich den Tod noch nie kommen sehen.

Auch das sollte ich in Grimma erleben, dass ich zum ersten Mal beim Sezieren dabei war. In einer längeren Pflege hatte ich eine Kranke gut kennengelernt. Sie hatte mir alle ihre Erlebnisse, Gedanken und Sorgen anvertraut. Nun war sie gestorben, und der Arzt fragte mich, ob ich nicht kommen wolle, wenn sie seziert wird. Es war ein heißer Sommertag. Mir verschlug es fast den Atem, als ich den Raum betrat, in dem die Ärzte schon bei der Arbeit waren. Von der geöffneten Leiche ging ein penetranter Verwesungsgeruch aus. Ein Bild krassester Vergänglichkeit bot sich meinen Augen dar. Aber nicht alte Zweifel über Sein oder Nichtsein wurden in mir wachgerufen. Ganz im Gegenteil überkam mich bei dem Anblick die Gewissheit: das ist nicht das Ende!

All das Fühlen, Denken und Empfinden der Toten, in das sie mich während ihrer Krankheit mit hineingenommen hatte, war nicht tot. Wie nicht ein Atom verloren geht, sondern nur seinen Ort verändert, so geht auch die Seele nicht verloren. Der halb verweste Leichnam traf mich mit seiner

Auferstehungspredigt, wie es noch nie eine Predigt von der Kanzel getan hatte.

Höher angebundene Disziplin

Es war ein leichtes Arbeiten unter dankbaren Leuten in Grimma. Manchmal ertappte ich mich bei dem Gedanken, dass es gelegentlich mühsamer sein könnte. So übernahm ich nach zwei Jahren nicht ungern die chirurgische Männerstation in St. Jakob.

Im Mutterhaus hatte sich inzwischen manches geändert. Nicht geändert hatte sich mein Verhältnis zum Vater und zu Tante Else. Nirgends fand ich wärmere Anteilnahme am Schicksal meiner Kranken als bei ihnen. Sie haben es als selbstverständlich aufgefasst, dass das Elternhaus hinter dem Beruf zurückstand, obwohl ich sie sicher manchmal enttäuscht habe. So, wenn ich am Weihnachtsfest ausblieb.

Anders im Mutterhaus, wo man sich nicht damit abfinden wollte, dass die Arbeit mir immer mehr zur Hauptsache wurde. Die Oberin, mit der ich häufig Differenzen hatte, verlangte, dass bei uns Schwestern das Leben im Mutterhaus an erster Stelle stehe. Ich fragte mich, warum ich nicht ein so herzliches, vertrauensvolles Verhältnis zu unserer Oberin hatte, wie Schwester Elwine seinerzeit zu ihrer geliebten Schwester Philippine, der Stettiner Oberin. Es war mir auch kein rechter Trost, höchstens eine Erklärung, dass es anderen erging wie mir. So hatte der von uns Schwestern allgemein geschätzte Pastor Schultze seine Tätigkeit bei uns aufgegeben. Er, wie auch die Oberin, waren beide zu selbständige Menschen, um miteinander arbeiten zu können. Zu unser aller

Leidwesen hörte er auf und wurde durch Pastor Große ersetzt. „Lang, dünn, gutmütig und unselbständig!" stellte ich gegenüber Schwester Klara fest, als er zwei Monate unser Hausgeistlicher war. Sie, die sonst sehr gesprächig war, nickte nur. Die ersten ernsthaften Auseinandersetzungen mit der Oberin hatte ich noch in meiner Grimmaer Zeit. Um das Jahresfest 1896 herum pflegte ich gerade ein Kind, das schwer an Diphtherie erkrankt war. Mit großer Unruhe fuhr ich zu der am Vorabend des Jahresfestes stattfindenden Beichte. Danach wollte ich sofort nach Grimma zurück, um in der Nacht bei diesem Kind zu wachen. Für den Sonntagmorgen hatte ich mir vorgenommen, wieder nach Leipzig zu kommen. Als ich ihr meinen Plan mitteilte, wurde die Oberin heftig: „Wie wollen Sie bei solchem Hin- und Herfahren die nötige Sammlung für die Abendmahlsfeier haben." Ich antwortete ihr: „Die Nachtwache bei dem kranken Kind ist keine schlechtere Vorbereitung als der Nachtschlaf im Mutterhaus!"

Am nächsten Nachmittag saßen Frau Oberin, Geheimrat Pank, Tante Else und noch andere Gäste des Diakonissenhauses beieinander. Als ich Pank begrüßte, klagte ihm Frau Oberin, dass ich die Gemeinschaft mit dem Mutterhaus so wenig pflegen würde. Pank ermahnte mich daraufhin freundlich. Obwohl ich sah, wie peinlich die Sache Tante Else war, warf ich ärgerlich den Kopf hoch und sagte kurz zu ihm: „Ich habe ihnen mit Handschlag vor dem Altar Treue im Beruf versprechen müssen und jetzt verlangen sie das Gegenteil." Pank blieb freundlich. Aber mit der Oberin gab es ein Nachspiel, als die Gäste gegangen waren. Als ich mit anderen Schwestern das Abendbrot herrichtete, stand sie plötzlich mit rotem Gesicht vor mir: „Ich habe mich heute Nachmittag sehr über sie geärgert. Ihr Benehmen ist unglaublich. Ich wundere mich nur, dass sich das Herr Superintendent Pank hat gefallen lassen."

Das kriegerische Verhältnis zu Frau Oberin verschärfte sich noch, als ich dann in St. Jakob arbeitete. Dort hatte ich auch die Verantwortung für die jungen Schwestern in der Abteilung. Frau Oberin wünschte, immer genau informiert zu sein. Ich sollte ihr möglichst viele Mitteilungen zukommen lassen. Mir aber widerstrebte es, über die Schwestern zu berichten.

Oft hielten Schwerkranke uns auf. Oder wir mussten aus den Mutterhausversammlungen heraus vorzeitig wieder aufbrechen. Einmal warf mir Frau Oberin vor: „Nichts als ihre alten Männer haben sie im Kopf!" Kurz gesagt: der Streit mit dem Mutterhaus hörte nicht auf. Um diese Zeit musste ich im Krankenhaus gerade bitteres Lehrgeld zahlen. Manche, allerdings sachlich begründete Zurechtweisung musste ich mir gefallen lassen. Man hatte mir in St. Jakob eine akute chirurgische Männerstation anvertraut, ohne dass ich im chirurgischen Dienst und der Asepsis genügend Erfahrungen hatte. Doch auch diese Lehrzeit ging vorüber und meine Baracke 9 wuchs mir ans Herz. Außer dem Dienst in Lindenau hat mir kaum eine andere Arbeit solche Freude gemacht. Der Stationsarzt der 9 war ein sehr erfahrener und geschickter Mann, jedoch eingebildet und unfreundlich. Als er schwer krank wurde, bat mich ein anderer Arzt, bei ihm zu wachen. Frau Oberin hörte davon und beschwerte sich beim Geheimrat Trendelenburg. Sie betonte nachdrücklich, dass die Ärzte nicht das Recht hätten, Schwestern zum persönlichen Dienst zu kommandieren. So zog die Sache Blasen und die Ärzte baten mich, dem Geheimrat gegenüber klarzustellen, wie sich alles wirklich zugetragen hatte. Das tat ich gern. Prof. Trendelenburg hörte mir wohlwollend zu, als ich betonte, dass es sich um eine freiwillige Zusage meinerseits gehandelt habe. Es war überhaupt eine große Freude, unter Geheimrat Trendelenburg zu arbeiten. Nächst Vater und Tante Else sind mir kaum wieder Menschen so zum Inbegriff alles Guten, Edlen und Vornehmen geworden, wie Trendelenburg und seine Frau. Er war streng gegen sich selbst und verantwortungsvoll gegenüber anderen, die er mit seinen kurzen und präzisen Anordnungen anleitete. All dem Elend, das er sich Tag für Tag ansehen musste, begegnete er immer wieder mit echter Anteilnahme. 1895 war dieser bedeutende Chirurg nach Leipzig berufen worden, als er schon eine zwanzigjährige große Karriere hinter sich hatte. In seinem Wesen war er trotz aller Erfolge schlicht und einfach geblieben. Mit dem allen zwang er die Menschen um sich her zu unbedingter Hochachtung. Seine Frau liebte ich nicht weniger. Es tut unsagbar wohl, so guten und lauteren Menschen zu begegnen.

Unser kranker Stationsarzt genas auch ohne meine Pflege. Er fühlte sich nun aber augenscheinlich mir gegenüber verpflichtet. Deshalb suchte er mir nützlich zu sein, indem er mir einen fast systematisch zu nennenden Unterricht in der chirurgischen Pflege gab. Jetzt erst lernte ich, Glieder nach Knochenbrüchen wieder in die richtige Stellung zu bringen. Unter seiner Anleitung machte ich Streck-, Gips-, Wasserglas- und Celluloidverbände. Dankbar ließ ich mich belehren und konnte zu meiner Freude Lücken in meiner Ausbildung ausfüllen. Es arbeitet sich eben viel besser mit nicht nur williger, sondern auch sicherer Hand. Es lassen sich viele Unbequemlichkeiten und Schmerzen für den Kranken ersparen!

Ein junger Mann war besonders schlimm dran, als ich die Station 9 übernahm. Er hatte einen Wirbel gebrochen und lag nun hilflos und gelähmt auf seinem Krankenlager fast ohne Hoffnung. Vom Charakter her war er ein roher Mensch, voller Argwohn und Eifersucht auf andere. Immer meinte er, dass wir Pflegenden diesen oder jenen Kranken vorziehen würden. So beschwerte er sich in meiner Gegenwart beim Arzt, auf der 9 würden die Selbstmörder vorgezogen. Ganz unrecht hatte er vielleicht nicht, weil mir diese besonders leid taten. Aber verblüfft und verständnislos starrte dieser, mein Ankläger, nun den Doktor an, als der auf seine Klage hin so reagierte, wie er es nicht erwartet hatte. Der Arzt wandte sich mit einer leichten Verbeugung zu mir: „Sofort bringe ich mich um!"

Ein Jahr lag dieser Kranke, der so schlimm dran war, auf der 9, als er anfing, übel von mir zu reden. Daraufhin bat ich den Geheimrat, ihn zu verlegen. Leicht wurde mir das nicht; denn es war der erste Patient, mit dem ich nicht auskam. Ich hatte mir doch stolz zugetraut, auch den Rohesten allmählich durch gleichmäßig freundliche Pflege zu gewinnen. Auf der anderen Baracke lebte er noch einige Zeit. Ich besuchte ihn dort öfters, damit er nicht den Eindruck hatte, wir auf der 9 hätten ihn abgeschoben. Einmal bat er mich, später wieder auf unsere Station kommen zu dürfen. Auch freute ich mich zu hören, dass er auf der fremden Baracke kein gehässiges Wort gegen mich gerichtet gesagt habe. In seiner letzten Stunde war ich bei ihm. Die zuständige Schwester war gerade weggegangen und so konnte ich ihm die letzten Liebesdienste erweisen. Ich tat es gern und war froh darüber.

Alltag im Schatten des Todes

Es gab ein Studentenstübchen auf der 9, das lange Zeit mit einem jungen Mediziner belegt war. Er erzählte gern von seiner Mutter und gab mir unbefangen ihre Briefe zu lesen, die von orthographischen Fehlern reich durchsetzt waren. Oft sprach er von religiösen Fragen. „Ich kann nicht glauben!" sagte er, und doch, wenn ich abends von Bett zu Bett ging und schließlich zu ihm kam, bat er mich: „Nun noch ein schönes Ewigkeitslied!"
Einmal war ich recht niedergedrückt, weil ich meinte, dass bei der kurzen Abendandacht niemand zuhörte. Da empfing er mich am nächsten Morgen mit den Worten: „Gestern Abend haben sie die Andacht eigens für mich gehalten. Ich habe gelauscht wie ein Luchs." An diesem Abend hatte ich ein Kapitel aus dem Propheten Ezechiel vorgelesen, das sein Gesicht von der Auferstehung der Toten zum Inhalt hat. Als ich nun drei Abende hintereinander keine Andacht halten konnte, weil ich Dienst im Operationssaal hatte, sagte dieser „Ungläubige" vorwurfsvoll: „Es ist hohe Zeit, dass wieder Andacht ist!"
Von uns weg ging er an den Gardasee. Aber die Verbindung riss nicht ab, weil er ein fleißiger Briefschreiber war. Im Frühjahr hatte ich Urlaub, und fuhr mit dem Vater und Tante Else nach Venedig. Bei einem Ausflug trafen wir uns in Arco, wo wir uns brieflich in einem Café verabredet hatten. Artig begrüßte er meine Eltern. Rings um uns her blühten die Bäume;

denn wir tranken unseren Kaffee im Freien. Er strahlte mich an. Ich aber sah auf seinem blassen Gesicht Zeichen des Todes. Seine Briefe blieben dann aus. Die Nachricht, dass er gestorben war, überbrachte mir sein Bruder mit einem Bild, das ihn unter der Studentenmütze fröhlich lachend zeigte. Ich hätte ihm gern zuletzt noch ein Ewigkeitslied gesungen. Doch seine Mutter war bei ihm gewesen. In ihren Händen war er gut aufgehoben, als er in der letzten schweren Zeit intensive Pflege brauchte.

Eines Abends wurde ein Verunglückter gebracht, der von einem hohen Gerüst abgestürzt war. Ärzte, Schwestern, Hausdiener, die gewiss gewohnt waren Schreckliches zu sehen, standen stumm und ergriffen neben der Bahre. Der arme Mann war so zerschmettert, dass man ihm lediglich eine Morphiumspritze gab. Er war bei klarem Bewusstsein. Langsam, jede Erschütterung vermeidend, fuhr ich ihn durch den großen Krankensaal auf die Veranda. Nur wenige Stunden hatte ich bei ihm zu wachen. Dann starb er. Gott sei Dank, dass ihm große Schmerzen erspart blieben. Für jeden kleinen Dienst hatte er einen dankbaren Blick. Es war, als hätte seine Seele sich schon von dem armen zerschmetterten Körper gelöst. Zuletzt sagte er klar und bestimmt: „Gott hat mich lieb."

Als ich diesen Kranken langsam durch die Baracke fuhr, rief ein siebzehnjähriger Rekonvaleszent, dem ich eines seiner Kopfkissen hatte wegnehmen müssen: „Mein Kopfkissen bekomme ich hoffentlich bald wieder!" Ich war außer mir. Leider musste ich noch oft solche mitleidlosen Roheiten hören. Und doch tat mir dieser junge Bursche leid. Ich wusste, dass er vom Krankenhaus ins Zuchthaus wandern würde. In welcher Umgebung mochte er aufgewachsen sein! Dabei war das verkommene Subjekt fleißig. Besonders mit einem älteren Patienten zusammen half er, wo er konnte. Das Freundschaftspaar nannte sich selbst der große und der kleine Kulicke. Als ich eines Tages am frühen Nachmittag wieder auf die Station kam, lagen die beiden reglos über der Bindenwickelmaschine. Neben dem Stoß fertiger Binden stand eine große, schwarzumränderte Pappe: „Der große und der kleine Kulicke zu Tode gewickelt."

Viele Selbstmordkandidaten kamen auf die Baracke 9. Damals hatte Sachsen den traurigen Ruhm, in der Selbstmordstatistik obenan zu stehen. Oft war ich geschockt davon, welch nichtige Gründe die Patienten zu diesem letzten verzweifelten Schritt veranlassten. Nur bei wenigen älteren Leuten konnte ich nachempfinden, wie die Wucht ihres Schicksals sie in den Tod trieb. Mit diesen war es dann auch leichter, ein Gespräch zu führen. Bei den anderen hätte ich oft die ganze Persönlichkeit umkrempeln mögen. Dazu fehlte mir die Zeit und die Ausbildung. Ich war kein Nervenarzt.

Einen älteren Bahnbeamten, einen Zugführer, kannte ich von seinem ersten Krankenhausaufenthalt her. Er hatte sich eine Kopfverletzung zugezogen, kam zu uns nach St. Jakob. Nachdem er geheilt war, trat er seinen Beruf wieder an. Vielleicht war er zu früh zur Arbeit zurückgekehrt.

Er hatte das Signal zur Abfahrt des Zuges gegeben, ohne zu bemerken, dass ein Bahnarbeiter noch zwischen den Wagen an den Kupplungen hantierte. Der Mann kam unter die Räder und starb noch auf den Schienen. Über diese Sache konnte der Zugführer nicht hinwegkommen. Die Gerichtsverhandlungen regten ihn schrecklich auf. Plötzlich war der Mann verschwunden. Man fand ihn mit einer Kugel im Kopf im Walde. Er war noch bei Bewusstsein und wurde sofort zu uns auf Station 9 gebracht. Als wir um sein Bett herumstanden, fragte ihn Trendelenburg: „Wie kam es?" „Ich stolperte über eine Wurzel im Wald und da ging der Revolver los", antwortete er.

„Das ist nicht wahr", ermahnte ihn der Professor. „In solcher Stunde lügt man nicht. Haben sie es selbst getan?"

„Jawohl, Herr Geheimrat!" sagte der arme alte Mann in militärisch strammen Ton. - Die Kugel war ins Gehirn gedrungen und ließ sich nicht entfernen. Schon bald verlor der Kranke das Bewusstsein und starb einige Tage später an Meningitis.

Sofort, wenn ich daran zurückdenke, kommt mir ein anderer alter Bahnwärter in den Sinn. Nie hatte er sich etwas zu Schulden kommen lassen. Kurz vor seiner Pensionierung geschah es, dass er erst beim Heranbrausen eines Schnellzuges hinstürzte, um die Schranke zu schließen. Es war zu spät. Ein Wagen fuhr über den Bahndamm. Als er sieht, wie der Fuhrmann vom Zug erfasst wird, kehrt er um und hängt sich auf. Bewusstlos, doch noch lebend, wurde der Überfahrene nach St. Jakob gebracht. Noch in derselben Nacht erlag er auf der Nachbarbaracke seinen schweren Verletzungen. Den Bahnwärter brachte man auf die 9. In der Stille der Nacht saß ich an seinem Bett und fürchtete mich vor seinem Erwachen. Gegen Morgen kam er zu sich, sah mich verständnislos an und griff nach seinem schmerzenden Hals. Allmählich kam wohl die Erinnerung an das Geschehene wieder, aber kein Wort kam über seine Lippen. Still empfing er am nächsten Tag seine weinende Frau und seine Söhne, die linkisch am Krankenbett des Vaters saßen. Mit stummem Händedruck verabschiedete er sich von mir, um vom

Krankenhaus ins Gefängnis zu gehen. Ein trauriger Lebensabend stand ihm bevor.

Diese beiden Bahnbeamten hatten meine ungeteilte Anteilnahme an ihrem Schicksal. Ich konnte gut nachfühlen, dass es ihnen unmöglich erschien, weiterleben zu können. Aber die anderen! Ein unglücklich Liebender hatte sich ein paar Messerstiche beigebracht. Die waren ungefährlich, aber bei der weinenden Braut erreichte er doch die gewünschte Wirkung. Ein anderer schoss sich eine Kugel in der Kopf, um seine Eltern zu strafen, weil sie nicht in seine Heirat einwilligen wollten. Trendelenburg konnte glücklicherweise das Geschoss ohne besondere Mühe herausholen. Ein Dritter hatte 20 Mark unterschlagen. Statt durch Arbeit die Schuld aus der Welt zu bringen, griff er zum Revolver. Er verlor durch den Schuss ein Auge. Nun jammerte er fassungslos: „Das ist ja schrecklich, dass ich nur noch ein Auge habe." Dabei hatte er das ganz Leben wegwerfen wollen.

An einem Mittwoch wurde ein vierzehnjähriger Junge gebracht. Für seinen Vater hatte er 9 Mark einkassiert. Vor seinen Schulkameraden spielte er den großen Mann und vertat mit ihnen das Geld. Aus Furcht vor Strafe sprang er aus dem Fenster im dritten Stock und kam mit verschiedenen Knochenbrüchen davon. Er war ein hübscher, blondlockiger Kerl, der späterhin nicht ohne Tränen an seinen Sprung in die Tiefe denken konnte. Stolz war er, auf der Männerbaracke zu liegen. Große Freude machte ihm die Konfirmandenstunde, die er nun im Krankenhaus erteilt bekam. Ich traf ihn freilich nicht nur über dem Katechismus an, sondern auch über einem Indianerbuch, dem er sich mit gleichem Eifer widmete. „Auf jeder Seite sterben 7", sagte er verklärt. „So!" Das war alles, was mir im Augenblick einfiel. Bei einer anderen Gelegenheit griff ich seine Äußerung nochmals auf und wies ihn darauf hin, dass er doch gerade hier im Krankenhaus sehen müsste, wie schrecklich es sei, wenn ein Mensch stirbt. Das nahm er stumm hin. Ansonsten stand sein Mund nicht still. Wissbegierig wollte er Auskunft: „Schwester, haben sie falsche Zähne? Schwester, wie alt sind sie? 40?" Als nun die anderen Patienten lachten, weinte er fast: „Ich habe doch nicht gesagt, dass sie 40 sind, sondern nur, dass sie so aussehen!" Bei seiner Entlassung weinte er dann tatsächlich bitterlich: „Ihnen wird's aber antun nach mir!" - Lange Jahre noch bekam ich zu jedem Fest einen Kartengruß von ihm. Nachdem ich ihn fast ein halbes Jahrzehnt nicht gesehen hatte, bat er mich einer Stellung wegen um ein Zeugnis über seinen Charakter. Es kränkte ihn, dass ich ihm ein solches Zeugnis nicht ausstellen wollte. Fortan hüllte er sich in Schweigen.

Eisenbahner brachte man uns immer wieder. Es gab damals viele Unfälle in dieser Berufssparte. Einmal lagen drei nebeneinander. Die beiden älteren waren schwer verletzt. Einem musste ein Bein amputiert werden, der andere büßte beide Beine ein. Es war tröstlich anzuhören, wie nett die zwei sich gegenseitig trösteten. Dem dritten, einem jungen, ehrgeizigen Burschen, hatte ein Sturz auf den Schotter neben dem Zug nur Fleischwunden eingebracht, die allerdings schwer heilten. Mit Ehrfurcht sah er von seinem Bett zu den Älteren hinüber, die schon zwei oder drei Sterne an der Uniform hatten. Nun war sicher die schwerste und allerdings auch am wenigsten geachtete Arbeit bei der Bahn die der sogenannten „Knüppelbande". Diese Leute mussten mit Knüppeln die Räder der Waggons zum Stehen bringen. Der eitle junge Bahnstreber bekam bald den Spottnamen

Oberknüppelinspektor. Er bettelte mir eine Rose ab, steckte sie sich ans Hemd und stolzierte protzend im Saal damit herum. Zufällig war kein Blatt an der Rose. „Eine Rose ohne Blatt schenkt man dem, der keine Ehre hat", foppten ihn die anderen. Da setzte er sich ganz geschlagen auf sein Bett.

Diese Worte sollten traurig in Erfüllung gehen. Aus mir unbekannten Gründen musste er den Bahndienst verlassen. Er kam zu einem Kaufmann in die Lehre, der nicht lange danach wegen Betrügereien ins Gefängnis wanderte. Das brachte den Jungen selbst aus der Bahn. Er unterschlug Geld und bereitete seiner Mutter, einer ehrlichen, fleißigen Witwe, viel Kummer. Endlich ging er in die weite Welt und ließ nichts mehr von sich hören. Einmal später saß seine Mutter in Tränen aufgelöst bei mir und sagte: „Ich kann nicht vergessen! Meine älteren Söhne wollen nun nichts mehr von mir wissen, weil ich diesem Kind im Herzen die Treue halte. Mein bester ist mein vierter." Dieser letzte ihrer Söhne war in der Irrenanstalt.

Es war schon gut, dass es auch andere Jungens auf der Station gab. Eines Morgens wurde ein kleiner Bäckerlehrling mit gebrochenem Oberschenkel gebracht. Aus dem brennenden Haus hatte er sich seinen guten Anzug, wohl sein ganzes Hab und Gut, retten wollen. Die Treppe stand schon in Flammen. Er konnte sie nicht mehr benutzen, so sprang er in die Tiefe und zog sich dabei den Knochenbruch zu. Er war so klein und dünn, dass ich ihm später zu seiner Belustigung erzählte, ich hätte ihn erst in seinem Bett suchen müssen, um ihn zu finden. Um so kräftiger war sein Mundwerk ausgebildet. Was wusste er alles zu erzählen! Besonders seine „Frau Meestern" war ein unerschöpfliches Thema. Wie sie sich die Haare brannte, wie sie ihre Zähne herausnehmen könne und wie feine Ohrfeigen sie ihm gegeben habe, sprudelte aus ihm heraus. Mit Vergnügen nahm er nun von mir eine Ohrfeige als Morgengruß entgegen. Als ich wegen eines Diphtheriekranken dem Päulchen Wappler ferngeblieben war, sagte sein Nachbar: „Schwester, der hat aber seine Ohrfeigen vermisst!" Nun, das wurde nachgeholt.

Im Nachbarbett lag ein intelligenter Arbeiter, der daheim nach Feierabend die in der Fabrik laufenden Maschinen als kleine Modelle nachbaute. Dieser Nachbar war Päulchens väterlicher Freund. Während der Arbeit hatte ihn ein Schwungrad erfasst. Er kam mit dem Leben davon, lag aber nun lange mit einer schweren Kniegelenkverletzung bei uns. Als er endlich entlassen worden war, besuchte ich ihn in seiner sehr ordentlichen, vor Sauberkeit blitzenden Wohnung, die auch gut eingerichtet war. Selbstverständlich hatte er einen Schrebergarten, den er mir mit Stolz zeigte. Dabei sprach er mit Hochachtung von jenem Leipziger Arzt, der die Kleingartenbewegung in dieser Großstadt ins Leben gerufen hatte. Als der Mann monatelang erwerbsunfähig war, hatte die Frau als Wäscherin in den Bürgerhäusern Geld verdient. Er selbst klebte mit den Kindern daheim Tüten. Für 1000 Stück bekamen sie nur eine kleine Summe. Aber die Unfallrente reichte nicht. So hatten sie sich in der Familie etwas einfallen lassen und blieben Leute, die versicherten, ihr Auskommen zu haben. Ein zufriedener Fabrikarbeiter! Das war und blieb etwas Seltenes für mich. Recht gegensätzlich zu diesem verhielt sich ein baumstarker Arbeiter, der mit komplizierten Unterschenkelbrüchen zu uns gebracht wurde. Ein Eisenträger war herabgestürzt und hatte ihn getroffen. Als es ihm besser ging, machte er sich auf der Station nützlich, wo immer er konnte. Besonders eifrig nahm er an den Weihnachtsvorbereitungen teil. Am Heiligen Abend las er bei der Christvesper eine der alttestamentlichen Verheißungen. Kurzum: er war willig, sanft und gefügig. Das ging so lange gut, bis er wieder allein umherlaufen konnte. Da war es um ihn geschehen. Auf jede nur denkbare Weise versuchte er, sich Schnaps zu verschaffen. Dazu nutzte er besonders die Besuchsstunden, bei denen wir Schwestern ihn natürlich leicht aus den Augen verloren.

Eines Tages war er sehr betrunken und tobte schrecklich, als ich ihm den Schnaps, der noch übrig war, wegnahm. Da er die anderen Kranken am Schlafen hinderte, sollte er aus dem Saal hinausgefahren werden. Drohend schwang er seinen Stock: „Wer es wagt, mein Bett anzurühren, wird niedergeschlagen." Der Stationsarzt schickte die bestellten Hausdiener wieder weg und meinte: „Warum sollen wir ein Unglück provozieren!" Aber der Betrunkene tobte weiter. Ich wusste wohl, dass er mir nichts tun würde. So fasste ich selbst sein Bett an, um ihn hinauszufahren. Er knirschte mit den Zähnen: „Schwester, lassen sie das Bett los, sonst ..." Er überlegte einen Augenblick, womit er mir am meisten drohen könnte. Dann stieß er hervor: „Sonst stürze ich mich heraus!" Ich kehrte mich nicht daran. Da warf er sich tatsächlich aus dem Bett, was seinen gerade geheilten Beinen nicht gut tat. Doch hatte ihn der Sturz ernüchtert. Am nächsten Tag wurde er disziplinarisch entlassen. Letztlich bedauerte ich das.

Im Widerstreit zwischen Sammlung und Sendung

Mitte der neunziger Jahre, als ich die ersten heftigen Auseinandersetzungen mit unserer Oberin hatte, verstärkte Pank seine Bemühungen um ein Mutterhaus mit Krankenhaus. Wir Diakonissen waren zwar 1896 in ein größeres Haus in der Johannisgasse umgezogen, aber nach dem Vorbild der anderen Häuser, die wie wir zum Kaiserswerther Verband gehörten, sollten wir eine wirkliche Heimat, oder wie man es auch ausdrückte, ein echtes Zuhause bekommen. Darüber habe ich viel nachgedacht.

Zuerst einmal war für mich klar, dass Lindenau ein Krankenhaus brauchte. Wenn ich mich an meine Arbeit dort erinnerte, so war für mich selbstverständlich, dass ich den Vorteil des kurzen Weges erkannte.

Ehe die Leute herein nach St. Jakob gebracht wurden, war viel kostbare Zeit vergangen. Auch ist es immer einfacher, einen Kranken zu besuchen, wenn man nur ein paar Straßen weiter zu gehen hat und keine Pferdebahn braucht.

Dann habe ich mir natürlich auch klargemacht, dass ich beim Vater und Tante Else stets ein Zuhause hatte. Andere hatten in der Familie nicht diesen Rückhalt, diese Möglichkeit des Anlehnens, das Gefühl, von Menschen gebraucht zu werden. Hatte ich es doch bei Schwester Elwine erlebt. Für sie, die früh Verwaiste, war das Stettiner Mutterhaus mit seiner Oberin, ihrer geliebten Schwester Philippine, das Zuhause und dann auch letzte irdische Heimat vor der ewigen Geborgenheit.

War also die entscheidende Crux bei der Sache, dass ich mich mit unserer Oberin nicht vertragen konnte? Sicher spielte das eine Rolle, aber wir hatten auch grundsätzlich verschiedene Ansichten über die Aufgaben und das

Leben der Schwesternschaft. Die Oberin wollte die Schwestern zusammenhalten, wollte sie in einer verschworenen Gemeinschaft abgrenzen gegen eine, wenn nicht feindliche, so doch indifferente, unfromme Welt.

Ich aber meinte, alles in dem Satz gesagt zu haben, mit dem ich mich Pank gegenüber bei jener Auseinandersetzung auf dem Jahresfest verteidigte: „Ich habe ihnen mit Handschlag vor dem Altar Treue im Beruf versprechen müssen und jetzt verlangen sie das Gegenteil von mir."

Treue im Beruf bedeutete für mich das Hingehen zu den Leuten, das Bleiben bei ihnen in ihren Nöten. Alle gute Gemeinschaft mit den Schwestern, die ich von den Anfängen in der Weststraße an schätzte, musste dahinter zurückstehen.

Dabei wollte ich der Oberin nicht unterstellen, dass sie das, was sie tat, um der eigenen Ehre willen tat. Aber all' ihr Handeln war davon bestimmt, dass sie das Mutterhaus stärken wollte. Es war auch der Gedanke dahinter, mit den anderen Häusern mithalten zu können, nicht zu den kleinen zu zählen. Aus einigen ihrer Äußerungen konnte ich das entnehmen. Wir konnten uns dabei doch keinesfalls mit Kaiserswerth, Neuendettelsau oder Dresden, um nur einige Häuser zu nennen, in Bezug auf die Zahl der Schwestern und die Breite der Arbeit messen. Beim Vergleichen meinte ich allerdings, dass die große Zahl der Diakonissen dort auch vorteilhaft sein konnten. Es gab größere Spielräume im persönlichen Umgang miteinander. Dadurch blieb das stärker erhalten, was mir so wichtig ist: das Kontaktgewinnen mit den Menschen, zu denen man gesandt ist. Im kleinen Haus wird zu sehr aufeinander geschaut. Andere Schwestern, mit denen ich über diese Ding sprach, sagten mir, für sie sei es gerade umgekehrt richtig. Nur aus der engen Gemeinschaft eines kleinen Hauses heraus könne wirkliches Miteinander auf dem Weg des Glaubens wachsen.

Die Gespräche und zumal die Konflikte ließen mich wahrlich nicht kalt. Doch blieb das gleichsam hinter mir zurück, wenn die praktische Arbeit mich wieder ganz forderte.

Das Tägliche, das einem in Atem hielt, war auch der „Ungar", ein Stallknecht bei einem jüdischen Pferdehändler, der mit schweren inneren Verletzungen, die ihm ein ausschlagendes Ross beigebracht hatte, ins St. Jakob gebracht wurde. An neun Stellen mussten die Därme geflickt werden und schon beim Öffnen des Leibes fand man eine diffuse Peritonitis. Es gab für uns keine Hoffnung, ihn am Leben zu erhalten. Das stand mir vor Augen, als ich in der folgenden Nacht bei ihm wachte. Unter großen Schmerzen stöhnte er und rief mich oft: „Mutter, Mutter!" Dann kamen ihm die Tränen: „Mutter nix ungarisch, Ungar nix deutsch!" Weil er in einem so schlimmen Zustand war, versorgte ich ihn allein. Doch wie ein eigensinniges Kind verlangte er nun Tag und Nacht nach der „Mutter".

Man sagte ihm: „Mutter schläft!" Wütend schrie er: „Nix schlafen!" Ich kam mit der vorgeschriebenen Schleimsuppe. Es traf mich ein Blick, aus dem abgrundtiefe Verachtung sprach. „Ungarische Suppe! Die macht gesund", bettelte er immer wieder. Als es ihm zu unserer aller Freude besser ging, telephonierte ich mit seinem Chef, dem jüdischen Ungar, und bat ihn, dem Kranken die begehrte Suppe zu bringen. Triumphierend aß sie der Kranke und ließ mich gern kosten. Es war nichts Absonderliches an der Suppe, aber sie war ungarisch. So ungehemmt sich der Ungar mit den anderen Patienten anfreundete und so vergnügt er war, mit dem Deutschlernen wollte und wollte es nicht vorwärtsgehen. Nach seiner Entlassung schaute er öfters auf der 9 herein, um mich zu besuchen.

Etwa ein Jahr später kam er mit heftigen Schmerzen ins St. Jacob. Energisch verlangte er auf Station 9 zu kommen. Aber Dr. Perches, dessen Patient er gewesen war, arbeitete jetzt auf Station 6. Er wollte ihn dorthin haben, um ihn wieder operieren zu können. Der Leib wurde geöffnet und nur einige Verwachsungen gelöst. - Als ich dann am folgenden Tag den Ungarn drüben auf der 6 besuchte, ging es ihm nicht gut. Er zeigte auch deutlich, dass er böse auf mich war, weil ich ihn nicht auf die 9 genommen hatte. „Warum nicht Schwester Marie dahier?" stieß er unter Schmerzen hervor. Dann klagte er: „Ungarn, Vater, Mutter nix wiedersehen!" Er sollte Recht behalten. Nur wenige Tage nach unserem Gespräch starb er. Bei der Sektion fanden sich tuberkulöse Geschwüre im Darm. Ich war bei dem einsamen Begräbnis; denn er hatte doch niemanden in der Fremde, der ihm nahestand.

Ein junger Zimmermann war früh morgens gesund zur Arbeit gegangen. Mittags lag er bereits bei uns auf der 9. Er stürzte vom Gerüst und brach sich einen Wirbel. Als man ihn zu uns brachte, war er schon hoffnungslos gelähmt. Ein Jahr sollte er im St. Jakob zubringen, bis der Tod ihn erlöste.

Traurig war es, wie nach und nach Freunde, Verwandte und auch seine Braut fernblieben, die ihn zuerst eifrig besucht hatten. Es dauerte gar zu lange! Der Kranke, der zuerst recht anspruchsvoll gewesen war, wurde immer stiller. Wir Schwestern merkten, wie er sich mehr und mehr öffnete, von uns Trost und Stärkung annahm.

Im Sommer war es dann wieder so weit, dass, wie alljährlich, meine Baracke für vier Wochen aufgelöst wurde und die Patienten auf die 7 kamen. Und wieder kam das große Abschiednehmen. Die Männer sangen jedes Lied, das nur entfernt vom Abschied handelte. Ich bekam ein Ständchen nach dem anderen: „So leb denn wohl, du altes Haus" oder „Weh, dass wir scheiden müssen", auch selbstverständlich „Muss i denn, muss i denn zum Städtele hinaus".

Gleich nach der Übersiedlung verschlimmerte sich der Zustand des jungen Zimmermanns, was Zufall sein, aber natürlich auch psychische Ursachen haben konnte. Bei uns hatte er sich in all seinem Elend heimisch gefühlt. Je kränker er wurde, um so mehr setzte er sich in den Kopf, er müsse wieder auf die 9 kommen, damit es mit ihm besser würde. Als ich von meiner Ferienreise zurückkam, traf ich ihn nur noch sterbend an. Die Schwester auf der 7 meinte: Er kennt sie doch nicht mehr!" Aber als ich an sein Bett trat und das vom Tode gekennzeichnete Gesicht ansah, schlug er die Augen auf und erkannte mich. „Schwester Marie! Gott sei Dank, nun bin ich wieder auf der 9!" flüsterte er. Bald darauf hatte er ausgelitten.

Neben seinem Bett sitzend fand ich einen anderen von meinen Patienten, unseren Ulrich. Ich beobachtete mit Freude, wie er dem Sterbenden sehr vorsichtig und lind die trockenen Lippen netzte. Ulrich war der sogenannte 99er. Das bedeutete, dass er in dem Ruf stand, 99 mal vorbestraft zu sein. Die Patienten um ihn her ermunterten ihn: „Mach' doch das Hundert voll! Da können wir ein richtiges Jubiläum feiern!" Entrüstet verteidigte er sich: „Das ist nicht wahr" und mit Entrüstung: „Es war nur 33 mal." Als Former verdiente er 40 Mark in der Woche, die er im Wirtshaus schnell und sicher los wurde. „Ich hab doch keine Frau. Zuhause starren mich die Wände an", sagte er. Angetrunken, wie er fast immer war, wenn er aus dem Wirtshaus kam, lebte er seine Aggressivität aus und fing mit dem ersten besten einen Streit an. Es lief dann fast immer darauf hinaus, dass ein Schutzmann gerufen wurde, den er auch zu packen versuchte. Dieser „Widerstand gegen die Staatsmacht" hatte ihm den Hauptanteil seiner Strafen eingebracht. Nach seiner Entlassung aus dem Krankenhaus - er hatte den Arm gebrochen - besuchte er uns öfters. Dann blieb er weg. Geraume Zeit später brachten die Hausdiener mir den Patienten auf der Bahre in die Station. Der eine der Krankenträger sagte leise: "Selbstmörder". Ich schlug die Vorhänge der sänftenartigen Trage zurück. Wen erblickte ich? Ulrich, der voller Scham den Kopf abwandte. Wieder einmal hatte er wegen einer Rauferei vor Gericht gestanden, wie er mir bald erzählte. Da packte ihn in Gedanken an seine alten Eltern, denen er so viel Kummer bereitete, die Verzweiflung. Er riss sich los, stieß den Gerichtsdiener beiseite und stürzte sich zum Fenster hinaus in den Hof des Amtsgerichtes. Dabei hatte er außer einem Oberschenkelbruch keine Verletzungen weiter davongetragen. Das folgende Krankenlager ernüchterte ihn sehr und ließ ihn die besten Vorsätze fassen. „Jetzt bleibe ich brav", versicherte er fast täglich. Ein Jahr nach seiner Genesung erschien er und sagte stolz: „Ich habe Wort gehalten."

Wenig später erzählte mir Schwester Martha im Diakonissenhaus, dass sie einen Wärter gebraucht hätten. Es habe sich ein junger Mann gemeldet, der als erstes herausgesprudelt habe: „Sie können die Schwester von der 9 in St. Jakob nach mir fragen."

Schwester Martha sagte noch: „Der meinte wohl, niemand kennt ihn so gut wie sie?" Lachend antwortete ich: „Das ist der 99. Er ist tatsächlich so übel nicht. Er war immer hilfreich, fleißig und gut gegenüber seinen kranken Kameraden." Dann erklärte ich ihr noch, was es mit dem Namen 99 auf sich habe.

Bis zu meinem Weggang aus Leipzig habe ich nichts Nachteiliges vom 99 gehört.

Auch ein anderer Kranker, der Meusel, war - wenn man über gewisse Mängel hinwegsehen konnte - seinen Mitpatienten gegenüber stets hilfsbereit. Mit einer Kniegelenksentzündung lag er lange fest und war damit für Dr. Wilms eine willkommene Versuchsperson für seine Erfindung, um in solche kranke Gelenke dünne Bleiröhren zu legen, in denen heißes Wasser zirkulierte. Von der gleichmäßigen Wärme versprach sich der Arzt eine Beschleunigung der Heilung.

Nun hatten wir einmal in der Apotheke statt Spiritus Äther bekommen. Das mit Äther gefüllte Spirituslämpchen, das neben Meusels Bett stand, um das Wasser warm zu halten, explodierte und eine Riesenflamme schlug fast bis zur Decke der Baracke. Ich stürze herbei, riss den Tisch beiseite, um die Flamme zu isolieren und konnte die brennenden Wattestücke bald mit Decken ersticken. Meusel hatte sich wie ein Lebensmüder aus dem Bett geworfen. Verschiedene Patienten, die ansonsten stark hinkten, fanden mit überraschender Behendigkeit den Weg ins Freie. Wir alle kamen mit einem tüchtigen Schrecken davon.

Als Meusel schließlich Rekonvaleszent war, übertrug ich ihm das Amt des Bademeisters. Dafür war kein Wärter zu haben, obwohl täglich eine große Anzahl von Patienten Bäder nehmen mussten. Für alle leichten Fälle, die nicht ganz schwerkrank waren, musste ein Patient die Rolle des Wärters übernehmen. Meusel war von seinem Bademeisterposten so mit Pflichteifer erfüllt, dass er um 4 Uhr in der Früh aufstand, um bis 7 Uhr mit seinen

Bädern fertig zu sein. Kam während des Essens ein Neuzugang, so erschien Meusel unverzüglich, um den Ankömmling im Wasser zu bearbeiten. Mochte sein Essen darüber kalt werden. „Erst die Arbeit und dann das Vergnügen", erklärte Meusel. Als er entlassen wurde, schenkte ich ihm Seife, Bürste und Schwamm.

Geleit zum Leben und zum Sterben

Es war ein Freitag - ich werde es nicht vergessen -, als ein junger Mann eingeliefert wurde, der durch die elektrische Straßenbahn schwer verletzt worden war. Er war wohl noch an die Pferdebahn gewöhnt und hatte nicht schnell genug reagiert. Das rechte Handgelenk war eröffnet und Straßenschmutz eingedrungen. Vielleicht wäre das beste gewesen, die Hand zu amputieren. Aber kein Chirurg wird ohne akute zwingende Notwendigkeit einen Menschen seiner Rechten berauben. Es war nur natürlich, dass der Patient hohes Fieber bekam. Doch sank bald die Temperatur, und die Wunde sah besser aus. Ich freute mich, dass es diesem netten und bescheidenen Kranken wohler wurde, und dass er an der Unterhaltung der anderen teilnehmen konnte. Da sagte er mir 14 Tage nach dem Unfall morgens, er könne den Mund nicht mehr richtig öffnen. Das war das erste Anzeichen von Tetanus, wie mir sofort klar wurde. Nun wurde alles getan, was uns möglich war. Ich selbst gab ihm die Spritzen mit Tetanusheilserum. Da der Kranke sich zuerst noch wohlfühlte, wollten die Angehörigen, die ihn besuchten, gar nicht glauben, daß es auf Leben und Tod ging. Trotz aller unserer Bemühungen ging es ihm von

Tag zu Tag schlechter. Sicher unterdrückte das Serum die Heftigkeit der Anfälle, aber innerhalb einer Woche schwand alle unsere Hoffnung, ihn am Leben zu erhalten. Bei alledem war er ein Kranker mit einer Geduld und Freundlichkeit, wie man es selten erlebt. Doppelt schwer wurde es mir, ihn so leiden zu sehen. Er, der Todkranke, tröstete mich: „Es tut nicht sehr weh!"

Drei Nächte hatte ich schon bei ihm gewacht, als ich mir klar machte, dass ich mit meinen Kräften haushalten musste, um in der letzten schwereren Zeit bei ihm sein zu können. So schlief ich in der vierten Nacht und nahm mir allerdings vor, um 2 Uhr nach ihm zu sehen. Ich wunderte mich dann selbst, als ich aus festestem Schlaf punkt 2 Uhr aufwachte.

Nun kamen noch ein paar bitterschwere Tage und Nächte, die ich mit meinem Kranken durchlebte. Es war beeindruckend, wie er selbst das Ende herbeisehnte. Am letzten Morgen wachte er mit hohem Fieber auf, weil eine Lungenentzündung dazugekommen war. Ich hatte den Eindruck, dass das Fieber die Muskelstarre löste, weil er sich plötzlich besser bewegen konnte. Wir versuchten es noch mit einem Dampfbad. Danach war die Starre fast ganz verschwunden, aber das Herz begann zu versagen. Schmerzen hatte der Kranke nicht mehr, jedoch erfasste ihn eine große Unruhe. Voller Schrecken sah ich, wie sein Antlitz sich verfärbte. Und wieder tröstete mich der Sterbende: „Sorgen sie sich nur nicht um mich, Schwester, mir ist ganz wohl!"

In der Frühe hatte er mich gefragt: „Welcher Tag ist heute?" Ich sagte es ihm, und er lächelte: „Das ist mein Geburtstag." Lächelnd dankte er mir auch, als ich ihm aus tiefstem Herzen alles Gute wünschte. Sein Geburtstag wurde für ihn zum Todestag. Die Kräfte nahmen von Stunde zu Stunde ab. Er fühlte selbst, dass das Ende nahte. Es wurde Nacht. Die anderen schliefen, und ich saß allein neben dem Sterbenden im Vorraum der Baracke.

„Grüßen Sie meine Eltern und Geschwister", bat er mich. Mit Inbrunst betete er das Vaterunser und flüsterte sehnsüchtig: „O komm, du Herzenssonne". „Schwester Marie", rief er immer wieder wie aus weiter Ferne. Immer dringlicher wurde er: „Schwester Marie, komm mit, komm mit!" „Wohin?" fragte ich. „In die Heimat zu Gott", murmelte er. „Ja, ich komme auch", beruhigte ich ihn. Noch einige schwere Atemzüge und er hatte überwunden.

Neben diesem werde ich noch ein anderes Sterbebett nie vergessen. Ich sehe es noch deutlich vor mir, wie eines Abends ein junger Mann in die Baracke trat. Es sei nur ein „Zahngeschwür", hieß es auf dem Aufnahmeschein. Ich hatte gerade Nachtwache und wurde recht ärgerlich, als der neue Patient durch sein ständiges Jammern meine Schwerkranken weckte. Unfreundlich fuhr ich ihn an: „Nehmen sie sich doch zusammen!" Am nächsten Tag wurde eine Inzision gemacht, doch der Kranke jammerte weiter. Sein zimperliches Wesen reizte mich. Als ich einmal etwas hastig und unsanft ihn anschnarrte, sah er mich groß an und sagte langsam: „Das war nicht hübsch, Schwester!" Ich schämte mich; denn er hatte recht. Das scheinbar unschuldige Zahngeschwür war eine beginnende Phlegmone. Die Entzündung ging weiter. Eine Inzision nach der anderen wurde gemacht, ohne dass der eigentliche Eiterherd gefunden wurde. Schrecklich musste der Kranke leiden. Die Kopfschmerzen nahmen zu und schließlich wurde er blind. Dabei wurde er immer stiller und tapferer, je kränker er wurde. Ich suchte nun gutzumachen, was ich zuerst an ihm versäumt hatte. Mit rührender Dankbarkeit nahm er alle kleinen Liebesdienste auf. Blind und hilflos lag er da. Fahrig und unsicher versuchte er nun mit den Händen seine Umwelt zu ertasten. Was hätte ich darum gegeben, wenn ich ihn hätte gesundpflegen können! Einmal fragte ich ihn traurig: „Nicht wahr, zuerst war ich gar nicht nett zu Ihnen?" Er aber wollte das nicht wahrhaben. Er sagte, ich sei eine gute Schwester. Das, was am Anfang zwischen uns war, sei nur ein kleines Missverständnis gewesen. Drei Wochen musste er schwer leiden, ehe der Tod ihn erlöste. Die Sektion ergab, dass er eine infolge der Phlegmone entstandene Gehirnhautentzündung hatte. Seine Verwandten hatten zu mir gesagt: „Pflegen sie ihn recht gut!" und waren - zufrieden mit dieser Mahnung an meine Adresse - fortgegangen. Bitterkeit kam in mir hoch. „Mir gehört der arme Kranke beinahe mehr als euch", sagte ich mir. „Traurig", meinte Dr. Wilms und wandte sich achselzuckend von der Leiche ab. Alle fanden sich schnell mit diesem Todesfall ab. Nur ich hatte schwere Tage. Sind nicht oft Schwester und Kranker wie Mutter und Kind?

Eines Tages brachte man uns einen jungen Mann mit Knöchelbruch. Er hatte feine Züge, große braune Augen und war stets höflich und dankbar. Seine hochgewachsene Gestalt erinnerte mich an einen Offizier in Grimma, der gar nicht zu den meist kleinen Husaren der Garnison passen wollte. Sein Benehmen war ohne Tadel. Höflich bat er um Dienste, die er nötig hatte und bedankte sich für jede Gefälligkeit. Doch befremdete es mich, dass er nicht wie die anderen Patienten seines Alters heiter und gesprächig sein konnte. Als er etwa drei Wochen bei uns auf der Baracke gelegen hatte, kam ein Polizeibeamter, der mir mitteilte, der Mann sei ein entsprungener, schon mehrfach vorbestrafter

Zuchthäusler. An einem zerrissenen, vielfach geknoteten Bettuch hatte er sich an der Gefängnismauer heruntergelassen. Dabei stürzte er und brach sich den Fuß. Aber er schaffte es trotzdem, sich bis zur nächsten Bahnstation zu schleppen und nach Leipzig zu fahren, wo er sich unter falschem Namen im Krankenhaus aufnehmen ließ. Der Polizeibeamte wünschte nun, den Kasten mit den Habseligkeiten des Patienten zu sehen. Er fügte seiner Forderung noch hinzu: "In dem Moment, wo sie seinen Kasten nehmen, wird er wissen, worum es geht." Ich ging hin und holte das Gewünschte. Der Junge sah mich groß an und verzog keine Miene. Noch am selben Tag wurde er ins Gefängnis überführt. Und immer das gleiche, unbewegliche Gesicht.

Ist es möglich, glücklich zu sein?

Wieder wurde ein Bahnbeamter eingeliefert. Beide Beine waren ihm zermalmt worden, als ihn der Zug überfuhr, und es blieb nichts, als sofort zu amputieren. Er lag lange Zeit auf der 9. Mit seinem Schicksal fand er sich verhältnismäßig schnell ab, konnte auch die künstlichen Beine akzeptieren, die er bekam und mit denen er nun wieder laufen lernte. In der letzten Zeit seines Krankenhausaufenthaltes konnte er sogar mit den Patienten zusammen richtig vergnügt sein, wenn die üblichen Späßchen gemacht wurden.

Als er wieder daheim war, wurde das anders. Es packte ihn der Trübsinn, weil er nicht mehr einer von vielen, gleich ihm schwer heimgesuchten Menschen war, sondern der einzige Kranke unter Gesunden. Als ich viele Jahre später wieder einmal nach Leipzig kam, besuchte ich den getreuen Bahn-Müller, und beide freuten wir uns über das Wiedersehen. Von seinem Krankenhausaufenthalt meinte er: „Das war doch eine fidele Zeit!" Zu den besonderen Belustigungen gehörte die sogenannte Orchestermusik. „Bitte, Schwester, lassen sie uns Orchestermusik machen", kam es vielstimmig aus den Betten. Einer blies dann auf der Mundharmonika, ein anderer auf dem Kamm. Ein dritter nutzte einen alten Blechkasten als Trommel. Der vierte entlockte dem Trinkglas melodische Töne, während der fünfte mit dem Stuhl scharrte und ein sechster mit seinem einen Bein den Takt dazu schlug. Ich hörte mit Freude zu und machte auch sonst ganz undiakonissenmäßig manchen Unfug mit.

So wollte eines Abends ein Patient nicht von der Schaukel herunter. Ich bestimmte, dass er zur Strafe sitzen bleiben solle. Eilfertig sprangen zwei andere Patienten, die sich als Strafvollzugsbeamte betrachteten, hinzu und hielten die Schaukel so in Schwung, dass der Missetäter nicht abspringen konnte. Ich stand mit einer geladenen Wasserspritze daneben und bedachte den Sünder jedesmal, wenn er mir nahe kam, mit einer Ladung Wasser, die voll ins Gesicht ging. Er schüttelte sich und prustete und flog weiteren Duschen entgegen. Wir alle lachten Tränen. Beim Gutenachtsagen meinte ein Kranker: „Ich hatte starke Schmerzen. Aber sie sind vergangen, weil ich so sehr lachen musste."

Oft plagten mich Kranke - auch solche, die schon fast gesund waren -, ich solle ihnen ein Schlafmittel geben. Schwester Annemarie, die auf einer Station für Innere Medizin Frauen pflegte, hatte da eine probate Arznei. Diese „Stinktropfen", die wie faule Eier schmeckten, ließ ich mir von ihr geben. Der erste Patient nahm sie ein, schauderte, brachte es aber fertig, ganz ruhig zu bleiben, um seine Bettkollegen nicht um den Genuss zu bringen. Dem zweiten war solche Beherrschung nicht gegeben. Er spuckte wie ein wildgewordenes Lama. Der dritte warf sich laut schreiend auf das Bett. Er hieß König und wurde deshalb stets mit „Majestät" angeredet. Bei dieser Gelegenheit lieferte sein unkönigliches Verhalten den anderen einen willkommenen Anlass, ihn besonders auszulachen. „Will jemand Schlaftropfen?" fragte ich an den folgenden Abenden in den Saal hinein. Alle verneinten dankend, und ich hatte Ruhe vor den morphiumhungrigen Gesellen.

Immer wieder stellte ich fest, wie willig „meine Männer" waren, wenn ich sie bat, mich bei kleineren Arbeiten zu entlasten. Beim Ordnen der Verbandsstoffe, dem Putzen der Instrumente und ähnlichen Verrichtungen fanden sich stets Gehilfen, die mir zur Seite standen. Die beste Belohnung für diese Helfer war, wenn ich sie fotografierte. Schon die Aussicht, ein Bild als Andenken zu erhalten, machte sie willig, zahm und folgsam. Besonders gute Erinnerungen kommen mir beim Zurückdenken an das gemeinsame Basteln des Christbaumschmucks. Jeder der Männer versuchte da, die anderen mit Eifer zu übertreffen und die schönsten Strohsterne, goldenen Nüsse oder Papiergirlanden mit mehr oder weniger geschickten Händen anzufertigen. Das waren für mich Zeichen der Verbundenheit. Auch eine kleine Begebenheit, die sich kurz vor meiner Ablösung von der 9 zutrug, gehört dazu.

Vater und Tante Else wohnten nun in Berlin. Ich wollte nachts zu ihnen fahren und in der darauffolgenden Nacht wiederkommen. Als ich von dieser Kurzreise sprach, behaupteten der Bahnmüller und sein Bettnachbar: „Wir sind munter, wenn sie fortgehen und wenn sie wiederkommen." Leise, leise schlich ich aus meinem Zimmer durch die Baracke dem Ausgang zu. Aber richtig: da saßen die zwei kerzengerade im Bett und salutierten strahlend vor Vergnügen über die eigene Wachsamkeit. Und mich empfing das gleiche Bild, als ich in der nächsten Nacht 1 Uhr zurückkehrte.

Wenn ich Nachtwache hatte, wollten meine Männer mich oft entlasten. Sie versicherten: „Wir rufen sie sofort, wenn es nötig ist. Sie können sich doch auf uns verlassen!" Und wenn ich nach Tisch mitten im Saal in dem großen Sessel eingenickt war, schlichen sie auf Zehenspitzen vorüber, um mich nicht aufzuwecken. So, wie sie auf mich Rücksicht nahmen, konnten sie auch gegenüber einem Mitpatienten, wenn es ihm schlecht ging, einfühlsam und zu jeder Hilfe bereit sein.

Ich hatte meine Freude an dem allen und liebte die „grüne 9" von ganzem Herzen. „Nichts als ihre alten Männer haben sie im Kopf!" hatte die Oberin mich strafend angefahren. Das stimmte eigentlich. Und es war berechtigt. Vielfach waren es einsame, verlassene Menschen, die mir unter die Hände kamen. Wie hilflose Kinder, denen mein ganzes Herz gehörte, erschienen sie mir allzu oft.

Wenn ich dann frühzeitig in den Saal kam und rief: „Morgen, Männer!" Antwortete mir ein vielstimmiger Chor. Der Tag hatte seinen Anfang. Und abends kam nach dem „Gute Nacht, Männer!" das „Gute Nacht, Schwester Marie". Das war der Tagesschluß.

Ein trauriges Kapitel für sich bildete der Umgang mit den Alkoholabhängigen.

„Wieviel Schnaps trinken sie?" fragte ich jeden Neuankommenden, „für 10 Pfennig oder für 20 Pfennig?" Selten leugnete einer den Schnapsgenuss. Meistens kam: „Nun ja, so ein Schnäpschen trinke ich schon." Ich bohrte weiter: „Werden es manchmal 30 Pfennige?" „Ja, wie es so geht. Es werden auch 30 Pfennige." Öfters handelte ich einen Patienten auf 50 oder 60 Pfennige hinauf. Dann galt es achtzugeben und möglichst dem Delirium vorzubeugen, das infolge der Verletzung und der veränderten Lebensweise nur zu leicht eintrat. Schreckliches mussten die Deliranten oft durchmachen. Ein Mann, der mit schweren Verbrennungen zu uns kam, sah ständig ein großes Feuer. Ein anderer Patient litt unter Verfolgungswahn und flehte ins Leere hinein: „Habt doch Erbarmen! Lasst mich leben. Was sollen Frau und Kinder ohne mich anfangen!"

Ein Delirant war so unruhig, dass er in die Irrenklinik überführt werden musste. Die Patienten standen um den Krankenwagen herum, und ein fünfzehnjähriger Pole lachte über die irren Reden des Kranken. Ehe der Junge es sich versah, hatte er von mir eine mächtige Ohrfeige weg. Heulend flog er davon und wollte nicht wieder auf meine Baracke. Ich fragte mich sofort, ob ich diese Ohrfeige würde büßen müssen. Aber das war mir einerlei. Ich war nur froh, dass sie gesessen hatte.

Ehe dieser Delirant in die Irrenanstalt überführt wurde, hatten ihn Hausdiener in einer Tobzelle von St. Jakob überwacht. In aller Frühe wurde ich gebeten, sofort hinüber zu kommen, weil der Hausdiener mit ihm nicht fertig würde. Von mir ließ der Kranke sich ruhig verbinden und das Fieber messen. Augenscheinlich hatte der Hausdiener ihn gereizt und hart angegriffen.

Selbstverständlich blieb meine 9 auch von unangenehmen Patienten nicht verschont. So sollte ein kleiner, buckliger Kranker zur Operation kommen. Er fiel mir sofort nach der Einlieferung auf, wie er mit einem hämischen, boshaften Lachen kleine

Missgeschicke der andern im Saal quittierte. Ich konnte es nicht ändern, dass er mir zuwider war und mir vor der Pflege graute. Doch als er dann schwerkrank und hilflos in seinem Bett lag, wurde ein großes Mitleid in mir wach. Ich war sehr dankbar, dass Gott das Mitleid so tief ins Menschenherz gepflanzt hat. Klar empfand ich: es ist nicht von dir selbst, daß du diesen Kranken nun doch mit Liebe pflegen kannst.

Anders war es mit wüsten Kunden, die wir auch öfters beherbergten. Sie fühlten sich als Agitatoren dazu berufen, große Reden zu führen. Eine aufnahmebereite Zuhörerschaft war ja in so einem Saal da.

So erinnere ich mich an einen Radikalen, der sich selbst als Sozialrevolutionär vorstellte. „Krieg den Palästen, Friede den Hütten!" predigte er hochtönend. „Arbeit ist für die Dummen." Da hörten die andern Patienten begierig zu. Als er eine Pause machte, um Luft zu schöpfen, sagte ich: „Ich will arbeiten, obwohl ich es nicht nötig hätte." Da schlug die Stimmung um, und mit einem Mal wollten meine Leute gleich mir zu den Dummen gehören. Ich machte mir meine Gedanken darüber, wie blind oft die große Menge der roten Fahne nachläuft. Andererseits erinnerte ich mich an die Gespräche mit dem alten Freiherrn von Welck in Grimma, in denen ich oft die Position des Sozialdemokraten, der Welcks gegenüber wohnte, zu meiner eigenen machte. Ich müsste nicht die Tochter eines Juristen sein, wenn es mir nicht einleuchten würde, dass viele arbeitende Menschen ein Recht auf angemessene Entlohnung haben. Darüber hinaus verstand ich auch die Forderung in Bezug auf ein Recht zur sozialen Absicherung des Menschen, zu der ja unser Dienst als Schwester vor allem gehörte. Aber meine Arbeit zeigte mir andererseits jeden Tag, dass ein Recht auf Pflege allein keinem Patienten hilft. Er erwartet eine liebe Zuwendung durch die Schwester. Ich dachte: auch die großen Weltverbesserer brauchen plötzlich, wenn sie hier in diesen Häusern liegen, einen Menschen, der ihnen Pflaster auf die Wunden legt, die ihnen geschlagen wurden.

Eine andere Angelegenheit waren die bürokratischen Hemmnisse oder einfachen Pflichtversäumnisse, die einer schnellen Hilfe im Wege standen und deshalb bei mir auf völliges Unverständnis stießen. Oft fragte ich mich bei den Katastrophen, deren Folgen auch wir mit zu bewältigen hatten, ob alles getan worden war, um Schaden von den Menschen, die betroffen waren, abzuwenden. So hieß es in einer Nacht: Eisenbahnunglück! Betten bereithalten. Mehrere Schwerverletzte wurden gebracht. Nachts halb drei wurden sie bei uns eingeliefert. Das Unglück war aber schon abends zehn Uhr bei Schkeuditz passiert. Zufällig befand sich Geheimrat Trendelenburg auf dem Leipziger Hauptbahnhof, als die erste Nachricht von dem Unglück eintraf. Er forderte sofort: „Lassen sie mich hinausfahren. Meinetwegen nur auf einer Lokomotive. Vielleicht kann ich gleich an Ort und Stelle helfen!"

Es seien keine Passagiere verletzt, hieß es. Man schlug es ihm ab, nach Schkeuditz hinauszufahren. Ich fragte mich empört, was dieses Vertuschen helfen solle. Einige Stunden später wurden uns die verletzten Bahnbeamten gebracht. Es war ein Sterbender mit einer blutenden Gehirnarterie darunter, der bei rechtzeitigem Eingriff hätte gerettet werden können.

An einem anderen Abend, der mir als finster und unheildrohend in Erinnerung ist, hieß es wieder: Betten bereithalten für eine Anzahl von Patienten mit schweren Verbrennungen. Eine Celluloidfabrik war in Brand geraten. Es gab kein Halten. Alle Bemühungen der Feuerwehr waren umsonst. Das ganze Gebäude mit seinem so leicht brennbaren Material glich einem Gefäß, aus dem eine riesige Stichflamme hervorschoss. Bei der Schnelligkeit, mit der sich das Feuer ausbreitete, war auch die Hilfe für fast alle Arbeiter, die in der Fabrik gerade tätig waren, umsonst. Mit Entsetzen mussten wir sehen, wie ein verhüllter Körper nach dem anderen an der Station vorbei nach der Leichenhalle gefahren wurde. Unsere Baracken blieben leer.

Nicht lange vor meiner Abberufung von St. Jakob am Weihnachtsabend 1899 wurde uns ein Handwerksbursche mit erfrorenen Füßen gebracht. Ich hatte nach Berlin fahren wollen, schob nun jedoch die Reise auf, um abzuwarten, ob und in wie weit die erfrorenen Füße gerettet werden könnten. Mit dem Kranken sprach ich gewohnheitsmäßig, fast gleichgültig ein paar Worte. Ich fragte: „Wo waren sie vorher?"

„Im Gefängnis", antwortete er.

„Weshalb?" wollte ich wissen.

„Wegen Unterschlagung." Ich schwieg.

„Ich danke ihnen", hörte ich da zu meinem Erstaunen den Kranken sagen.

„Warum danken sie?"

„Weil sie gefragt haben!" antwortete er. Ich erschrak und es fuhr mir durch den Kopf: So sonnenlos war sein Dasein, dass wohl meine geringe Anteilnahme genügte, um eine warme Empfindung des Dankes bei ihm hervorzurufen.

Von den anderen Patienten hörte er, dass ich meine Abreise verschoben hatte. Als ich wieder an seinem Bett vorbeikam, fragte er mich angstvoll: „Sie sind doch nicht etwa meinetwegen hiergeblieben?" Mit einem „Nun, ja" und einer vagen Handbewegung wischte ich seine Frage weg. Zu Silvester verschlechterte sich durch eine Embolie sein Zustand dramatisch. Er glaubte selbst, sterben zu müssen und sagte ruhig: „Um mich ist es nicht schade."

Die Embolie ging vorüber. Aber der Fuß musste zur Hälfte amputiert werden. Diese Operation hielt der junge Mann fast ohne Chloroform aus. Ich fragte mich allerdings, ob er schon in der Weihnachtsnacht den Tod draußen im Schnee hatte finden wollen. Immer wieder merkte ich, wie fertig er mit dem Leben war. Es war weiterhin ein bitterkalter Winter. In einer Nacht war er leise aufgestanden und, so schnell er mit seinen wunden Füßen konnte, ins Freie gegangen. Ich sprang ihm hinterher, obwohl ich mir bewusst war, dass ich ihn nicht allein halten konnte; denn er war groß und stark. Als ich neben ihm stand, musste ich - wie oft in diesen Tagen - stark husten.

„Ich werde mir in der Kälte eine Lungenentzündung holen", sagte ich. „Ich muss ja bei ihnen bleiben. Verlassen darf ich sie nicht." „Das will ich nicht", fuhr es aus ihm heraus. Und wie ich es erwartete hatte, ging er in die Baracke zurück.

Es dauerte aber nicht lange, dass ich Blutspuren in seinem Bett sah. Mit einem stumpfen Taschenmesser hatte er an seinem Handgelenk herumgesäbelt. Ich fuhr ihn kurz und hart an, ehe ich ihn verband. Das nahm er demütig hin, wie ein geprügelter Hund. Es dauerte lange, bis die Wunde heilte. Ich habe seine Entlassung noch auf der 9 erlebt. Dann verlor sich seine Lebensspur für mich, wie es bei den meisten Patienten nach ihrer Gesundung am äußeren Menschen geschah.

Die Abberufung von St. Jakob kam für mich und auch für Schwester Annemarie völlig unerwartet. Es wurde mir sehr schwer, meine geliebte Station 9 zu verlassen.

Einmal hatte ich irgendwo gelesen, wer wirklich glücklich sei, könne sich beim Einschlafen auf den nächsten Tag freuen. Das war bei mir so, solange ich in St. Jakob tätig war. Von ganzem Herzen konnte ich behaupten, in diesem Sinne glücklich zu sein. Besonders während der stillen Nachtwachen, dachte ich oft, dass es unmöglich sei, glücklicher zu sein als ich.

Der große Krach und seine Folgen

Nun sollte ich fort, weg aus diesem geliebten Arbeitsfeld. Ich konnte für diese Maßnahme keinen anderen Grund sehen, als die Willkür der Oberin. Es war auch nichts zu machen. Die Verwaltung des Krankenhauses hatte um Rücknahme unserer Versetzung gebeten. Ihr wurde die Antwort zuteil, das Mutterhaus müsse seine Rechte wahren.

Drei und ein halbes Jahr hatte ich in St. Jakob gearbeitet, vom Oktober 1896 bis hin zu Ostern 1900. Nur der Jahresurlaub unterbrach meinen Aufenthalt dort auf der Station 9. 1897 reiste ich nach Venedig, 1898 nach Godzietow und 1899 in die Dolomiten. Außerdem hatte ich im Herbst 1898 die Orientreise gemacht, die mir unvergessliche Eindrücke brachte.

Das Verhältnis zum Mutterhaus hatte sich in diesen Jahren weiter gelockert. Mehrere Male geriet ich mit der Oberin scharf aneinander, als Schwester Annemarie schwer an Typhus erkrankt war. Sie nahm mir alles mögliche übel. Meine Überreizung durch die besondere Arbeitssituation ohne Schwester Annemarie tat ein

Übriges, dass unsere Konflikte ziemlich laut ausgetragen wurden.

Als es die größten Schwierigkeiten gab, war Schwester Annemarie schon wieder gesund. Mit großer Anteilnahme hatten Schwester Annemarie, Schwester Lisbeth, genannt Liesing, und ich den tapferen Kampf der Buren verfolgt. Wir waren voller Begeisterung bei dem Gedanken, die Verwundeten zu pflegen. Als wir mit den Ärzten von St. Jakob darüber sprachen, zeigte es sich, dass auch einige von den jüngeren Medizinern nach Südafrika gehen wollten. Sie hatten schon Verbindung zu den Regierungsstellen der Freistaaten gesucht, und es war ihnen zugesichert worden, dass von dort die Hälfte der Ambulanzkosten übernommen würden. Wir konnten auch Pank und Trendelenburg für unsere Pläne gewinnen. Nur die Oberin war wütend, weil sie sich übergangen fühlte. Am Reformationstag 1899 predigte Superintendent Pank in der Thomaskirche, und wir nutzten die Gelegenheit, unmittelbar nach dem Gottesdienst mit ihm über unser Vorhaben zu sprechen.

Nachmittags fragte mich die Oberin, was ich von Pank gewollt hätte. Ich sagte ihr kurz, worum es ging, worauf sie mir heftige Vorwürfe machte. Sie redete sich so in Zorn, das sie in ihren Anschuldigungen immer ungerechter wurde. Mir riss schließlich der Geduldsfaden. Ich sprang auf, verbat mir ihre Rede und warf mit Krach die Tür hinter mir zu. Auf dem Weg nach St. Jakob verfestigte sich bei mir der Gedanke, dass ich nun natürlich nie mehr das Mutterhaus betreten könne.

Am anderen Tag ging ich zu Pank und erzählte ihm, wie heftig ich geworden sei. Ich gab zu, dass ich in der Form gefehlt hatte. Was jedoch den Inhalt meiner Anklagen beträfe, könnte ich mich nicht schuldig fühlen. Nun war den warmen, milden Worten von Pank schwer zu widerstehen. Noch einmal überbrückte er den Riss zwischen der Oberin und mir.

Nach der Abberufung von St. Jakob wurde ich in die Nikolaigemeinde geschickt. Dort war Pfarrer Hölscher für mich zuständig, dessen salbungsvolles Wesen ich nicht mochte. Mit Misstrauen saß ich ihm bei unserer ersten Begegnung gegenüber, korrigierte mich aber bald. Als ich ihn näher kennenlernte, merkte ich, dass hinter diesem zu betont geistlichen Anstrich wirkliche tiefe Frömmigkeit und warme, herzliche Anteilnahme am Schicksal anderer Menschen lag. Es dauerte nicht lange, da war Pfarrer Hölscher, der auch dem Vorstand des Diakonissenhauses angehörte, mein guter, ritterlicher Freund. Damit hatte man wohl im Mutterhaus nicht gerechnet.

Aber an die Arbeit in dieser Innenstadtgemeinde konnte ich mich nicht gewöhnen. Es war nicht mein Fall, nur Milchmarken und Blätter auszuteilen. Mir fehlte die Krankenpflege und das Miteinanderleben, wie ich es von Lindenau her gewohnt war. Wie ein wildes Tier im Käfig rannte ich im Zimmer auf und ab. Ich wollte Arbeit. Endlich etwas tun. Pfarrer Hölscher, der das monatelang mit ansehen musste, hatte mit mir Mitleid. Als ich wieder einmal in seinem Arbeitszimmer saß, sagte er. „Hier gehen sie innerlich zugrunde. Ich will sehen, ob ich etwas für sie tun kann."

Er hatte dann bald danach mit Superintendent Pank gesprochen. Um mir eine freie, selbständige Arbeit zu beschaffen, möglichst weit weg vom Einflußbereich der Oberin, beschlossen sie, mich nach der Steiermark zu schicken. Natürlich entsprach das ganz und gar nicht dem Wunsch und Willen von Oberin und Diakonissenpastor. Aber es blieb dabei, dass ich im Februar 1901 mit

Schwester Elise nach Graz gehen sollte. Und wenn einer verloren geht ...

Im März 1900, nicht lange vor meiner Abberufung aus St. Jakob, wurde Schubert auf der 9 eingeliefert. Die Symptome waren unklar. Die Operation zeigte, dass der Blinddarm leicht angegriffen war, aber er hätte nicht unbedingt heraus gemusst. Der Patient klagte weiter über Leibschmerzen. Besonders gegen Abend bekam er Zustände, die mir Angst machten. Dann saß ich lange an seinem Bett und achtete auf jeden seiner Atemzüge. Große Schwierigkeiten machte er auch mit dem Essen. Wenn ich seine zusammengebissenen Zähne auseinanderbrachte und einen Löffel Suppe in seinen Mund schieben konnte, war ich glücklich. Zusehens magerte er ab. Aus dem schmalen Gesicht heraus verfolgten seine großen Augen jede meiner Bewegungen, wenn ich im Saal arbeitete. War ich nicht da, lag er apathisch im Bett und döste nur vor sich hin, wie mir eine Mitschwester erzählte. Als ich beim Abschied von der 9 an sein Bett kam, ließ er meine Hand nicht wieder los. Ich konnte mich nur mit dem Hinweis befreien, dass er ja in dem Gemeindebezirk, den ich in Zukunft zu betreuen hätte, seine Wohnung habe. Wir würden uns vielleicht wiedersehen. Das sollte dann auch intensiver, als mir lieb war, geschehen.
Kaum hatte ich eine kleine Wohnung gegenüber der Nikolaikirche bezogen, als er an einem Abend Anfang Mai mich herausklingelte. Ich war noch nicht lange von meinem Stadtgang zurück und hatte mich auf das Ausruhen gefreut. Wo sollte ich mit ihm hin? Ich bat ihn einzutreten und führte ihn in mein Wohnzimmer. Da saß er vorsichtig auf einer Stuhlkante und strich mit großen,

ungeschickten Händen immer wieder die Tischdecke glatt, die er jeweils vorher in Falten zusammenschob. Schließlich kam er damit heraus, dass er keine Arbeit finden könne. Nur um ihn nach einer Stunde schleppenden Gesprächs wieder loszuwerden, gab ich ihm Geld. Am nächsten Abend saß er abermals da, klagte aber über diffuse Schmerzen im Leib. So war ich froh, als ich zwei Tage danach hörte, dass er ins Krankenhaus gegangen sei. Nach zwei Wochen war er wieder da und saß abends in meinem Wohnzimmer. Ich versprach, ihm Arbeit zu versorgen. So ließ ich mich am nächsten Tag bei Mey und Edlich melden. Der freundliche Herr Rudolph, der mir schon öfters bei ähnlichen aber auch anderen Anlässen, die mehr das Finanzielle betrafen, geholfen hatte, bat mich in sein Comptoir. Dort trug ich ihm mein Anliegen vor. Er sagte: „Aber selbstverständlich lässt sich da etwas machen. Wir stellen den Mann ein. Er soll sich übermorgen 8 Uhr bei mir vorstellen." Es ging eine Zeitlang gut. Schubert ging pünktlich zur Arbeit und brachte mir jede Woche einen Teil seines Verdienstes, damit ich das Geld zur Sparkasse bringen sollte. Ich führte darüber Buch und zeigte ihm jedes Mal die Eintragung und den angewachsenen Betrag, um ihm auch damit Mut zu machen. Immer, wenn er kam, sah er ordentlich und sauber aus. Ich hatte Pfarrer Hölscher von der ganzen Angelegenheit erzählt und wurde von ihm oft nach Schuberts Ergehen und Verhalten gefragt. Wie es dann kam, weiß ich selbst nicht. Der tiefste Grund war wohl, dass Schubert ein schwacher Charakter war, der gegen alles Schlechte einen Widerwillen hatte, aber doch für das Gute nicht stark genug war. Irgendwoher hatte er gehört, dass ich in die Steiermark ginge. Er verlor jede Lust zu leben, ließ seine Arbeit fahren und trieb sich herum. Ich erschrak, dass er so an mir hing. Wenn er abends eine heiße Suppe löffelnd bei mir saß, versuchte ich es mit Güte oder auch mit Strenge. Er hob oft nicht einmal sein müdes Gesicht. Es war alles umsonst. Ich fragte ihn ratlos: „Was haben sie nur?"

„Dass sie fortgehen", sagte er leise. „Wenn ich nicht ein Krüppel wäre; ich lief zu Fuß nach der Steiermark." Als ich ihn aus der Wohnung ließ, sagte ich abrupt: „Sie können mich erst einmal nicht mehr besuchen." Traurig hob er den Kopf: „Dann schreibe ich ihnen!"

Nun schrieb er mir. Es kamen Briefe, die in jeder Zeile seine Aufgeregtheit und Verzweiflung zum Ausdruck brachten. Ich las, er wisse nicht, was mit ihm los sei. Die ganze letzte Nacht sei er umhergewandert und trotz der bitteren Kälte sei ihm der Angstschweiß gekommen. Ihm graue vor dem Ende, aber es müsse sein. Er sei in der Kirche gewesen und habe wie ein Kind geweint. Mir sage er tausend Dank für alles. Gott möge mir vergelten.

Die Schwestern nahmen in guter Weise Anteil an dem, was ich da auszuhalten hatte. Aber sie mahnten mich auch, ich müsse streng sein. Noch einmal kam er. Ich fuhr ihn an, er solle seine Pflicht tun und arbeiten. Ich sagte, ich wolle nichts von ihm hören, ehe er nicht wieder 14 Tage gearbeitet habe. Er stand eine halbe Treppe tiefer, sah zu mir herauf und sagte laut: „Dann sind sie ja schon fort."

In der Nacht darauf hatte ich Wache. Die Sorge um Schubert ließ mich fast verzweifeln. Ich flehte: „Vater, ich befehle ihn in deine Hände." Und die Stunde, in der ich für ihn betete, war seine Todesstunde. Danach stellte ich mir vor, wie ihm vor dem kalten Grab in den Fluten gegraut haben mochte. Aber seine Ruhelosigkeit war stärker als seine Todesfurcht. Es war am 14. Dezember, einem Freitag, abends zwischen 8 und 9 Uhr, als

Vorübergehende den Sprung in die Tiefe sahen. Auch sie konnten ihn nicht zurückhalten, sondern nur von dem schrecklichen Ereignis berichten. Die Leiche wurde abgetrieben und erst später gefunden.

Als ich am Sonnabend keine Nachricht von ihm erhielt, hoffte ich, dass Schubert wieder arbeitete. Doch als ich am Sonntagmorgen in der Zeitung eine kurze Notiz über die Leiche eines Ertrunkenen las, ließ das Berichtete mir keinen Zweifel. Mir war, als höre mein Herz auf zu schlagen. Ich ging sofort zu Pfarrer Hölscher. Er hörte mir erschüttert zu, und er, der Theologe, sagte mir: „Dieser Mann konnte nicht mehr leben, er musste zur Ruhe kommen. Gott hat es so gewollt." Seine warme Anteilnahme löste meine erste starre Verzweiflung. Ich tat, was mir zu tun übrigblieb. Zuerst ging ich in die Anatomie. Da lag Schubert wie ein friedlich Schlafender. Dann reklamierte ich die Leiche auf der Polizei und zog das Sterbegeld ein. Als ich auf dem Amt die Beerdigung angeordnet hatte, ging ich zu dem diensthabenden Geistlichen, Pfarrer Rühling, dem Schwiegersohn von Professor Sohm. Es war damals schon in Sachsen möglich, dass die Geistlichen Selbstmörder zu Grabe geleiteten.

Ich schrieb auch an die Eltern. Sie antworteten mir, dass sie nicht kommen könnten. Sie seien arm und bäten um den Nachlass. Das war alles. Noch einmal wurde mir deutlich, wie einsam der Tote bei Lebzeiten gewesen war. Er hatte wohl wirklich niemanden sonst gehabt, der sich um ihn kümmerte als mich. Ein Neues Testament, das ich ihm gegeben hatte, nahm ich zurück. Als ich es durchblätterte, fand ich, dass Matthäus 8 angestrichen war: „Ich bin nicht wert, dass du unter mein Dach gehest." Einige Briefe, die ich ihm geschrieben hatte, hatte er vernichtet. Als ich in der Anatomie war, sagte mir der Pförtner entrüstet: „Vorhin kam eine schwarzverschleierte Dame und erklärte, sie sei die Frau eines in der Anatomie liegenden Selbstmörders. Ich habe sie gefragt, ob sie die Leiche reklamieren und die üblichen 10 Mark für Bergungskosten zahlen wolle. Nein, antwortete sie kaltblütig, jetzt zu Weihnachten bin ich mit dem Geld klamm. Die Anatomie kann die Leiche behalten." Auch darüber habe ich dann viel nachgedacht, wie Schubert an eine Frau mit so roher Gesinnung geraten konnte und welchen Einfluss das auf sein Leben und besonders seinen Selbstmord hatte.

Am 19. Dezember war das Begräbnis. Außer mir war nur Schuberts Wirtin am Grabe. Pfarrer Rühling las den 130. Psalm:

„Aus der Tiefe rufe ich Gott zu dir. Herr, höre meine Stimme, lass deine Ohren merken auf die Stimme meines Flehens. So du willst, Herr, Sünden zurechnen, Herr, wer wird bestehen? Denn bei dir ist die Vergebung, dass man dich fürchte. Ich harre des Herrn; meine Seele harrt, und ich hoffe auf sein Wort. Meine Seele wartet auf den Herrn von einer Morgenwache zur anderen. Israel hoffe auf den Herrn; denn bei dem Herrn ist die Gnade und viel Erlösung bei ihm. Und er wird Israel erlösen aus allen seinen Sünden."

Jedes der Worte wurde auch zum Schrei meines Herzens. Immer wieder dies: aus der Tiefe! Nach einem Vaterunser gingen wir still auseinander. Es war an diesem Tag bitterkalt. Doch ich war schon tagelang unempfindlich gegen Kälte, Müdigkeit und Hunger.

Schuberts Tod traf mich tief. War das ein Urteil über meine ganze Arbeit? Hatte ich ihn von mir abhängig gemacht? War es nur bei ihm so? Oder führte nicht immer wieder meine gewiss intensive und oft aufopfernde Pflege zur Abhängigkeit von Patienten? War ich nicht zu schnell bereit, mit Stolz zu hören, dass sie nach Schwester Marie verlangten?

Ich wusste keine Antwort auf diese mich bedrängenden Fragen. Ja, es kam mir vor, als sei ich nur zum Umsorgen anderer auf der Welt. Ich fühlte mich überflüssig. Dunkel lag die Zukunft vor mir.

Ich wandre und ich weiß wohl, wohin!

Einige Tage nach der Beerdigung verließ ich die Nikolaigemeinde. Ich fuhr nach Berlin, wohin Tante Else und der Vater nach dessen Emeritierung gezogen waren. Es war wohl so, dass der Kummer mich krank gemacht hatte. Ich fühlte mich elend. Tante Else bat Geheimrat Virchow zu uns zu kommen. Der große, alte Gelehrte stellte fest, dass bei mir die Lungenspitzen nicht in Ordnung seien. Er sagte: „Sie wissen ja Bescheid und sind verständig. Auch wenn es sich um Tuberkulose handelt ... Unsere moderne Medizin hat hier große Heilerfolge."

Als er gegangen war, wurde mir still zumute. Ich meinte, dass dies die Lösung sei, weil ich mit meinem Leben und Arbeiten niemand nützen könne. Doch aus der Beschäftigung nur mit mir und meinem Leiden wurde ich herausgerissen, weil Vater schwer erkrankte. Tante Else brauchte mich, damit sie ihre Sorgen mit jemanden teilen konnte. Schweren Herzens brachten wir Vater in eine Anstalt. Es waren ernste Wochen, die ich in Berlin verbrachte. Aber mein Lungenkatarrh besserte sich, und der Tag der Abreise nach Graz wurde festgesetzt. Es kam die Anfrage aus Leipzig, ob ich schon ein paar Tage früher zurückkommen könne. Ich bejahte das, weil es Vater ein wenig besser ging, und Tante Else mir zuredete, zu fahren. Als ich im Mutterhaus ankam, wurde mir gesagt, wo ich bei einer Privatpflege aushelfen sollte. Ich wurde zu einer Familie mit einem an Scharlach erkrankten Kind nach Plagwitz geschickt. Einige Tage und Nächte brachte ich dort zu. Wenn ich abends etwas an die Luft ging, wanderte ich an die Stelle, wo Schubert mit dem Tod gerungen hatte. Ich stand da, starrte in das Wasser, hörte sein Rauschen und konnte nur eines denken: Ruhe.

Ich habe lange gebraucht, um wieder lachen zu können. In dieser Zeit, die fast ein Jahr währte, habe ich wohl auch Schwester Else nicht gerade zur Lebensfreude verholfen. Wir wohnten in Graz vorerst im Friedensheim, das von den Methodisten geführt wurde. Als erste evangelische Schwestern in der Stadt wünschte Pfarrer Eckardt, uns kirchlich einzuführen. Ich ergab mich drein und lehnte nur das Gelübde vor dem Altar ab, weil es uns schon bei der Einsegnung abgenommen worden war.

Beim planlosen Herumsuchen in einer Buchhandlung kamen mir Kingsley's Schriften in die Hände. Sie wurden mir zur befreienden Botschaft: Gott lässt keines seiner Kinder verlorengehen. Das Gute im Menschen und wäre es noch so wenig, ist ein göttlicher Funke, der nie verlöschen kann. Bei dem Herrn ist Gnade und viel, viel Erlösung bei ihm! Das nahm ich an, sog es auf wie ein trockener Schwamm. Es war, als schiene mir in dunkelster Nacht ein heller Stern. Je mehr ich zum Himmel aufsah, um so mehr Sterne sah ich leuchten. Ich wurde froh in der Gewissheit: Gott ist dennoch die Liebe. Tote und Lebende, alle gehören ihm.

Mein Leben hatte sein Ziel nicht verloren. Ich wandre und weiß wohl, wohin! Es war mir wieder mein Name bedeutungsvoll: mit diesem meinem biblischen Vornamen kam ich aus einer Aue der Liebe, um andere Menschen dorthin zu bringen. Das war keine großartige, weltbewegende Sache. Es war ein Pflasterauflegen auf die Wunden der vielen, die Hilfe brauchen.